I0615837

Empréstimo mortal

Os mistérios da biblioteca do vilarejo, Volume 1

Elizabeth Spann Craig and Mônica Martins De Mello

Published by Tektime, 2024.

This is a work of fiction. Similarities to real people, places, or events are entirely coincidental.

EMPRÉSTIMO MORTAL

First edition. April 2, 2024.

Written by Elizabeth Spann Craig and Mônica Martins De Mello.

Capítulo Um

Eu estava terminando de liberar o empréstimo de alguns livros de receitas para uma jovem mãe quando as portas da biblioteca se abriram e dois meninos encharcados passaram correndo pelo balcão de atendimento. Levantei imediatamente por conta do estado em que se encontravam.

— O que está acontecendo? — perguntei.

O menino mais velho estava tão ofegante que falou algo incoerente, e então o mais novo disse: — Tem um gato lá fora! Está no bueiro. Vai se afogar!

— Pode ir. Eu atendo o balcão — disse o outro bibliotecário.

Saí apressada, tentando acompanhar os meninos enquanto abriam a porta e saíam correndo para a chuva torrencial. Fazia algumas horas que chovia sem parar. Fiquei encharcada e senti um calafrio, observando a água correr em ondas pela calçada.

— Onde ele está? — perguntei aflita. Era quase certo que um gato não seria capaz de se segurar na vala de um bueiro por muito tempo com a quantidade de água que estava jorrando. Ouvi um forte trovão e estremeci.

— Aqui! Quando nossa mãe nos deixou, ouvimos um gato chorando — gritou o menino mais velho, que parecia estar recuperando o fôlego.

O bueiro ficava em uma área baixa de um lado do estacionamento e a água escorria para dentro dele. A última coisa que eu precisava era que as crianças fossem arrastadas pela correnteza. — Obrigada, meninos. Qual o nome de vocês?

Agradeci novamente quando eles se apresentaram. — Entrem e usem o telefone da biblioteca para ligar para a mãe de vocês e pedir que ela traga roupas secas.

— De jeito nenhum! — disseram os meninos em coro.

O mais velho, que parecia teimoso, acrescentou: — Ficaremos afastados, mas queremos ver o que vai acontecer.

Ajoelhei com cuidado para espiar o bueiro de concreto. De fato, havia um gato laranja preso dentro do cano. Ele me olhou com os olhos verdes astutos e soltou um miado parecido com um lamento.

Agora com a calça ensopada até os joelhos, me inclinei e estendi a mão para o gato. — Venha aqui, querido — sussurrei.

Os gato olhou para a direita, miou outra vez, mas não se moveu.

— Vamos, querido. Está seguro agora. Venha comigo. — Rastejei com cuidado para dentro do enorme bueiro, sentindo a água subir pelo meu corpo e mantive a mão firme na lateral do cano. Então parei e semicerrei os olhos enquanto olhava mais adiante. Havia um segundo gato dentro do cano preso entre folhagens, enquanto a água continuava fluindo cada vez mais rápido.

— Algum de vocês pode pedir ajuda na biblioteca? Tem outro gato aqui — gritei. — E peçam a um dos bibliotecários para trazer a lanterna que está no depósito.

Pelo que pude perceber de dentro do bueiro, os dois correram em direção ao prédio como se fossem uma pequena manada de elefantes.

Continuei tentando convencer o gato laranja a se mover. — É por isso que você não sair? Seu amigo está aí? Você é um bom amigo, querido.

O gato deu outro miado triste e senti um aperto no coração. Estremeci de novo e estendi a mão para os gatos. Nenhum dos dois se moveu.

Ouvi as crianças correndo de volta e desta vez havia vozes de adultos. Wilson, o diretor da biblioteca, vinha apressado em minha direção, segurando uma lanterna e um ancinho. Ele sempre teve uma aparência distinta, com cabelos prematuramente brancos, óculos sem aro e o mesmo estilo de terno. Uma senhora idosa muito elegante, nossa cliente eventual, vinha logo atrás, segurando um guarda-chuva aberto e outro fechado.

— Por que trouxe o ancinho? — perguntei.

— As crianças disseram que os gatos estavam presos nas folhagens. O zelador achou que podia ser útil — respondeu Wilson, me entregando o ancinho.

— Boa ideia. Embora eu ache que o ancinho vá assustá-los ainda mais. Vou ter muita dificuldade em alcançá-los do jeito que estão.

— Use isto. Também é do zelador. — Ele tirou algo de dentro da capa de chuva e me entregou.

— Perfeito! Me lembre de dar um beijo nele em agradeci-mento. — Apoiei o ancinho na perna enquanto pegava o par de luvas de couro.

— Vou tentar protegê-los da chuva — disse a senhora com propriedade.

Era tarde demais para isso, mas fiquei agradecida. Pelo menos os meninos, aparentemente não querendo ficar ainda mais molhados do que já estavam, se amontoaram com ela, sob o guarda-chuva. — Depressa! — implorou o mais velho.

Wilson e eu olhamos para dentro do bueiro novamente. O gato laranja me olhou com tristeza e virou a cabeça para olhar para o outro gato e depois voltou a me olhar, com uma expressão desesperada.

— Muito bem — falei, fingindo uma confiança que não sen-tia. — O plano é o seguinte... Vou tentar tirar o gato que está mais afastado primeiro. Acho que o gato laranja não vai sair sem o outro, mas como estão muito longe, vou usar o ancinho para puxar um pouco da folhagem.

— Devagar — disse cliente, saindo debaixo do guarda-chu-va para em seguida se abrigar outra vez ao ser era atingida pelas gotas.

— Vou tomar cuidado — disse baixinho. Afinal, era apenas mais um dia normal na vida de uma bibliotecária em Whitby, Carolina do Norte.

Abaixei e sorri, na esperança de fornecer algum conforto para os gatos antes de me sentir completamente ridícula. Será que gatos reconheciam expressões faciais? Em vez disso, disse apenas: — Muito bem. Aguentem firme!

O gato laranja confiou em mim e se agarrou firme. O outro gato, ainda parcialmente visível, gemeu de angústia enquanto eu me arrastava bem devagar para dentro do bueiro, o máximo que podia e mais devagar ainda, estendi o ancinho para a folhagem. Finalmente, depois do que pareceram horas, consegui enganchar o ancinho atrás da pilha de galhos, palha de pinheiro, lixo e gravetos e puxar com cuidado na minha direção. Depois fiz o mesmo do outro lado, conseguindo trazer toda a sujeira alguns metros mais perto.

Ainda assim, eu precisava me aproximar mais. Desisti de continuar agachada e deitei de barriga para baixo.

— Posso segurar seus pés — disse Wilson com relutância, olhando para o terno impecável como se estivesse se resignando a mergulhá-lo na água do ralo. — Não preciso que um dos meus bibliotecários seja arratado pelo sistema de drenagem pluvial. — Ele pressionou os lábios. Trabalhei com vários diretores, mas nunca com um tão tenso quanto Wilson.

— Acho que consigo dar conta — falei, imaginando cair de cara no chão durante o processo, considerando que eu não era uma pessoa com ótima coordenação motora. A essa altura, parecia uma boa ideia acalmar Wilson tanto quanto os pobres gatos. — Mas pode tentar me agarrar se eu começar a flutuar? Não acho que a folhagem me impediria de ser arrastada.

Wilson se abaixou na entrada do bueiro, pronto para agarrar minhas pernas se fosse necessário. E, para piorar, a chuva ficou ainda mais forte.

Rastejei em direção aos gatos, falando baixinho. Acariciei de leve o gato laranja, que ronronou, mas permaneceu firme no galho. Voltei a atenção para o outro animal, estendendo a mão. Seus olhos eram enormes, e eu estava preocupada que estivesse ferida e pudesse atacar em defesa. Tirei uma luva para fazer cócegas em seu queixo peludo e ela semicerrou os olhos em retribuição. Recoloquei a luva e continuei deslizando para a frente na água que jorrava.

Quando consegui me erguer o suficiente, coloquei as duas mãos sob as patas dianteiras. Ela deu um miado tão alto que me fez estremecer. As crianças e a cliente também se assustaram.

— Temos uma gata ferida. Alguém pode ligar para um veterinário?

— Vou ligar agora — disse a senhora, a voz ansiosa.

Embalei a gata com cuidado em meus braços e comecei o estranho processo de retorno. Desta vez, sentei no chão do bueiro e avancei um centímetro por vez, com a água quase no peito. Virei para olhar o gato laranja, que agora parecia mais relaxado e feliz. Não pude deixar de sorrir quando ele deu um pequeno miado. Era encantador.

Quando consegui sair, os meninos e a senhora comemoraram. Wilson pareceu aliviado por não ter que entrar com um pedido de indenização por invalidez.

— O veterinário está a caminho — disse a senhora.

— Wilson, pode segurar esta gata enquanto volto para pegar o outro? Ela pode ficar na sala de convivência. Tenha cuidado, acho que a pata está machucada.

Ele fez que sim com a cabeça e a coloquei em seus braços. A gata estava com a respiração pesada.

— Vocês têm toalhas velhas ou qualquer coisa para deixá-la confortável até o veterinário chegar? E também para secar a coitadinha — perguntou a senhora.

Wilson sorriu com os dentes cerrados quando a gata malhada lhe arranhou o ombro em defesa quando ele a acomodou no colo. — Vou ver o que posso encontrar no armário dos produtos de limpeza.

Abri caminho outra vez em direção ao bueiro enquanto Wilson voltava para a biblioteca. O gato laranja estava alerta e parecia querer me ajudar enquanto a chuva continuava jorrando através do cano. — Você consegue... — sussurrei. Quando estendi os braços, ele se lançou sobre mim e aninhou a cabeça peluda encharcada no meu pescoço. — Oi, docinho — sussurrei. Então rastejei de volta com cuidado, para mais aplausos.

— Vou ver se Wilson encontrou as toalhas. Caso contrário, posso correr até a loja de utilidades e comprar toalhas de mão — disse a cliente e em seguida, saiu trotando, carregando o guarda-chuva.

O guarda-chuva não era mais necessário porque os meninos e eu estávamos encharcados até os ossos, assim como o gato laranja. Não poderíamos ficar mais molhados do que já estávamos. Os meninos estenderam a mão para acariciar o gato, que ronronou alto.

Corremos de volta para dentro do prédio e descobrimos que nosso progresso havia sido descoberto por todos na biblioteca. As pessoas observavam pelas muitas janelas do prédio e nos aplaudiram quando entramos. — Uma salva de palmas para nossos heróis de hoje: Noah e Mason!

Os meninos, encantados com os aplausos, fizeram reverências.

— Filmei o resgate no celular! Vou marcar a biblioteca e postar na internet — disse uma das clientes.

— Isso seria incrível! — Sorri em agradecimento. Nada como um adorável casal de gatos em um vídeo cheio de ação para movimentar para as redes sociais da biblioteca.

Wilson desenterrou o que pareciam ser toalhas de praia antigas e fez o possível para secar a gata ferida. Ele me entregou uma toalha e começou a secar o gato laranja, que ronronava em agradecimento.

— Posso ir buscar um pouco de ração de gato e uma caixa de areia — disse outro cliente que observava em silêncio perto da entrada.

— Seria ótimo. O veterinário está a caminho, mas não tenho certeza de quanto tempo os gatos precisarão ficar aqui. Mesmo que os dois precisem passar a noite na clínica, é bom termos um pouco de ração e areia.

Wilson ergueu as sobrancelhas quando o cliente se afastou. — Muito bem, Anne. Qual é o objetivo de tudo isso?

Me inclinei para fazer cócegas sob o queixo da gata malhada. A última coisa que eu queria era assustar Wilson, mas aquilo era uma excelente ideia. A Biblioteca Whitby seria um lugar incrível para um gato morar. Em vez disso, falei: — O que você acha? Ainda não tive a chance de pensar a respeito. Estava preocupada em tirar os gatos do bueiro.

Wilson me olhou por cima dos óculos enquanto terminava de secar o gato laranja. Devemos nos concentrar em encontrar bons lares para eles.

— Por acaso você não estaria precisando de um gato de estimação? — perguntei de forma descontraída quando o gato laranja rolou de costas e ronronou.

Wilson não percebeu que eu estava brincando e empurrou os óculos para cima do nariz, impaciente e franziu a testa. — Não preciso de um gato. De jeito nenhum. Mas *você* provavelmente precisa, não é, Ann? Morando sozinha...

— Se eu quisesse *ver* o gato, teria que mantê-lo aqui. Passo praticamente todos os dias e finais de semana na biblioteca. Um gato seria bastante negligenciado na minha casa — bufei.

Wilson suspirou. — Está bem. Vamos fazer o seguinte... Deixamos o veterinário levar os gatos para a clínica e os traremos de volta para cá depois que estiverem medicados e postaremos fotos para tentar encontrar um lar para eles.

Estendi a mão e acariciei o gato laranja. — Perfeito. Vou tentar convencer os clientes que demonstrarem interesse, já que conheço a maioria deles.

Wilson se levantou, tirando o pelo de gato da calça, parecendo aliviado. — Está resolvido, então. Espero ter orçamento para pagar o veterinário.

Um dos outros bibliotecários abriu a porta do salão e apresentou a veterinária, que carregava duas caixas transportadoras de gatos. Wilson e eu nos apresentamos e gesticulei na direção da gata malhada: — É aquela que parece estar ferida.

A veterinária a examinou com delicadeza e assentiu. — A pata está quebrada. Vou precisar levá-la para a clínica. Ela se ajoelhou ao lado do gato laranja, o acariciou e conversou com ele enquanto o examinava. — Esse rapaz parece estar bem. É jovem e forte. Se eu tivesse que arriscar um palpite, diria que a gata ferida é a mãe dele.

Aquilo me surpreendeu. Havia algo nos animais que sempre me impressionou. — Ele não a abandonaria. Eu ainda não tinha visto a gata malhada e o gato laranja estava determinado a não sair até que a ajudássemos.

A veterinária se levantou e disse: — Parece um gato muito especial. Vou levá-lo também. Quero verificar se têm microchips de rastreamento e vaciná-los. E castrá-los, é claro, se ainda não tiverem sido esterilizados.

Wilson estremeceu um pouco, como se estivesse imaginando qual seria o valor da conta de todos os cuidados veterinários.

— Perfeito. Muito obrigada. — Fiz uma pausa. — Os gatos parecem muito apegados. Não tem problema separá-los?

— Acho que podem ser apenas as circunstâncias em que se encontraram. Normalmente, os gatinhos são separados de suas mães com cerca de dez a doze semanas de idade. O gato laranja é mais velho, provavelmente um ano a mais. Se te deixa mais tranquila, podemos reuni-los depois e ver o que acontece. E também monitorar como se comportam quando estão separados um do outro.

— Boa ideia. Muito obrigada. Não quero criar nenhum problema para essas doçuras.

A veterinária sorriu. — Não é problema. E não cobrarei pelo atendimento. Estou grata por você ter se arriscado e resgatado esses gatos.

Wilson agora parecia alíviado, o que me fez sorrir também.

— Tudo isso em apenas um dia de trabalho normal para um bibliotecária — brinquei. E eu não estava brincando. Nunca sabemos o que pode acontecer na biblioteca. Exceto que, na maioria das vezes as aventuras giravam em torno de uma copiadora emperrada e uma história entediante.

— Amanhã trago de volta o gato laranja — disse a veterinária, enquanto os colocava cuidadosamente nas caixas de transporte. — E talvez a gata malhada. Se ela estiver melhor.

— Tão rápido? — perguntei, franzindo a sobrancelha. Imaginei que os gatos precisariam de uma grande cirurgia, mas já tinha ouvido falar de pessoas que implantam marcapassos em consultórios, então...

— Ele vai ficar bem e estará dormindo por causa da anestesia. A gata malhada também. Precisam apenas de repouso. Tenho a sensação de que isso não será um problema aqui — acrescentou a veterinária, com um brilho nos olhos.

Wilson bufou. — Quando foi a última vez que esteve em uma biblioteca? Este lugar é um zoológico na maioria dos dias. Mesmo sem gatos.

A veterinária franziu a testa. — Prefere que fiquem comigo na clínica enquanto tento encontrar um lar para eles? Ou talvez trazer apenas o gato laranja de volta? Isso tornaria as coisas mais fáceis?

— Por que não traz a gata malhada de volta como uma solução *temporária*? Talvez possamos tentar descobrir se pertencem a alguém. Na pior das hipóteses, vou ver se um de nossos clientes pode adotá-la — disse Wilson.

— Parece uma boa ideia. E, mais uma vez, não vou cobrar pelos cuidados médicos.

Wilson levou a mão à testa como se tivesse começado a ficar com dor de cabeça.

— Vou tirar algumas fotos e colocar nos quadros de avisos para ver se alguém os reconhece — falei.

Wilson fez uma careta. — Talvez tivesse sido melhor tirar a foto quando estavam aconchegados nas toalhas de praia e não agora que estão encolhidos nas caixas de transporte.

— Vou abrir a porta das caixas e usar o flash — expliquei. Tirei uma foto com o celular e olhei o resultado. — Nossa! — Tentei outra vez. — Tudo bem, está um pouco melhor. Independentemente disso, se as fotos não ajudarem a encontrar o verdadeiro dono, então ela pode ficar aqui na biblioteca enquanto se recupera e tenho certeza que alguém vai adotá-la.

Wilson e a veterinária pegaram as caixas e foram para o estacionamento enquanto eu pegava as toalhas e as colocava em um saco de lixo para lavá-las em casa mais tarde. Em seguida, imprimi panfletos escrito '*Encontrado*' com as fotos dos gatos e os coloquei em vários lugares da biblioteca. Depois disso, como meus pés ainda estavam chapinhando nos sapatos, voltei para a sala de convivência.

Wilson voltou alguns minutos depois e me olhou em silêncio enquanto eu tirava os sapatos e tentava enxugá-los inutilmente com toalhas de papel.

— Acho que está esquecendo alguma coisa.

Aquelas palavras me fizeram prender a respiração. Se havia uma coisa que eu odiava era estar atrasada ou esquecer algo. — O quê? Não me diga que temos alguma leitura para crianças hoje à noite.

— Você tem aquele encontro às cegas esta noite — disse Wilson com uma risada. — Esqueceu que pediu para sair mais cedo? Não quer ir para casa se arrumar?

— Nãããão! Esqueci completamente. — Uma coisa sobre ser solteira aos trinta e poucos anos é que havia muitos clientes bem-intencionados morrendo de vontade de lhe arranjar um namorado. Era fofo e ao mesmo tempo frustrante. — Tenho uma roupa aqui na biblioteca para usar em caso de emergência — respondi no modo automático.

— Não duvido. Sei como você é organizada. Me perdoe por dizer isso, mas seu cabelo e maquiagem estão deixando muito a desejar. Não estão apropriados para um encontro. É até discutível se estão apropriados para trabalhar em uma biblioteca.

Me estiquei para me olhar no espelho sobre a pia da sala de convivência. Wilson tinha toda razão. Meu cabelo, preto e com corte na altura dos ombros, estava preso no alto da cabeça, e as pontas ainda pingavam água da chuva na minha blusa preta e calça cáqui, já encharcadas. O rímel e delineador tinham escorrido, me fazendo parecer um guaxinim. Isso sem mencionar as pegadas enlameadas e pelos de gato por toda a minha roupa.

Sorri para Wilson. — Na verdade, isso é perfeito. Agora posso assustá-lo e não preciso ir a um segundo encontro.

Wilson bufou e balançou a cabeça. — Está está sendo boba, Ann. Esse homem pode ser alguém com quem você possa ter um relacionamento de verdade.

— É um *encontro às cegas*. Nada de bom surge de um encontro às cegas. Acredite, eu sei o que estou dizendo. Poderia escrever um livro sobre esses encontros, já fui a vários. Choveu o dia inteiro e tudo que quero fazer é ir para casa, vestir meu pijama e me aconchegar na cama com um livro. Além disso, não estou com a mínima vontade de dar uma chance a um relacionamento agora. Estou com trabalho demais na biblioteca.

— *Sempre* temos trabalho demais na biblioteca. Se está esperando que isso mude, ficará solteira por muito tempo. Você está com 30 e poucos anos. Sei que costuma ter encontros, mas nunca a vejo ter segundos encontros. Não é ruim ser exigente, mas ás vezes parece que você está se enterrando na biblioteca em vez de se aventurar em busca de alguém com quem aproveitar a vida.

— Você está parecendo algumas das nossas clientes idosas. E os caras do clube de cinema da biblioteca — disse, erguendo uma sobrancelha.

— Além do mais, aquela cliente foi gentil em marcar um encontro, não acha? — perguntou Wilson, ignorando o meu comentário.

Suspirei. — Emily é um doce. Ela não consegue evitar essas coisas, mas tenho a sensação de que está pensando mais no sobrinho-neto do que em mim. Acho que esse encontro será um desastre. Mas você tem razão, talvez eu esteja inconscientemente tentando sabotá-lo.

— Como seu diretor, estou mandando você ir para casa se arrumar. — Ele fez uma pausa e continuou com uma rara demonstração de gentileza: — Temos ajuda de sobra hoje. Vai ficar tudo bem. E amanhã vamos receber a nova bibliotecária infantil, então teremos ainda *mais* ajuda.

Sorri. — Entendi. Está bem, vou embora. Estou levando as toalhas de praia molhadas para lavar. E você tem toda razão: será fantástico ter uma nova bibliotecária amanhã

— É claro que vai. E você se saiu muito bem com as leituras infantis.

Contive um sorriso. É óbvio que não acreditei no que ele disse.

— Obrigada. Mas não acho que trabalhar com crianças seja exatamente o meu dom. — Eu estava empolgada com a literatura infantil. Adorei a experiência, desde *Babar, o elefante* até *Don't Let the Pigeon Drive the Bus*. Mas de alguma forma, as crianças sempre pareciam inquietas quando eu era a responsável pela leitura das histórias, posição que ocupei durante vários meses enquanto Wilson lutava para preencher o cargo de bibliotecário infantil.

Carreguei o saco de lixo com as toalhas de praia molhadas até meu velho Subaru e fui para casa. Felizmente, a minha casa ficava a apenas alguns minutos de distância, não que houvesse algum lugar muito longe em Whitby. É um belo vilarejo nas montanhas, com muitos edifícios antigos e árvores ainda mais antigas. É o tipo de lugar onde as famílias passam férias para fugir da cidade e ver as folhas de outono em Blue Ridge Parkway. Há também um lago tranquilo, próximo ao parquei, perfeito para pescar e relaxar em tardes preguiçosas.

Minha casa era mais um chalé, embora eu adorasse o lugar. Depois que minha mãe morreu, quando eu era bem pequena, minha tia-avó me acolheu e me criou lá. Quando ela faleceu há cinco anos, deixou a casa para mim. Havia uma profusão de roseiras, gardênias e azáleas. Vinhas floridas subiam pela fachada de pedra, dando a impressão de ser uma cena extraída de um livro de histórias. O que, como bibliotecário, me convinha perfeitamente.

Na maior parte do tempo, eu amava meu bairro. Era uma rua de casas antigas, mas com muita personalidade. Algumas eram casas de artesãos, o que achei muito legal. Todos tentavam manter o mesmo estilo de jardinagem, com graus variados de sucesso.

Tive sorte porque minha tia plantou um jardim incrível e a minha única tarefa era mantê-lo. Eu sempre pensava nela quando o admirava. As lembranças costumavam me dar uma pontada no peito, mas agora finalmente me faziam sorrir. Demorou um tempo até me acostumar com a sua ausência.

Durante a semana, passo algum tempo cuidando do jardim, mesmo que a princípio não soubesse o que estava fazendo. Melhorei bastante depois de consultar alguns livros e revistas na biblioteca, e mais ainda quando convidei um funcionário do condado para dar uma palestra sobre cuidados com arbustos e flores. Eu ainda tinha planos de um dia plantar uma horta no quintal, como minha tia costumava fazer todos os anos. Porém, depois de uma avaliação honesta da minha disponibilidade de tempo, resolvi deixar essa ideia de lado.

Havia apenas duas pessoas na rua que me incomodavam, e de maneiras diferentes. Uma delas era Zelda Smith, uma mulher mais velha, com cabelos ruivos tingidos de henna, e que fumava sem parar.

A outra pessoa era um cara que tinha acabado de se mudar. Ele parecia descontraído, espirituoso, bonito e tinha um olhar que me fazia derreter. Até então, eu nem tinha falado com ele, mas já o tinha visto interagir com outros vizinhos.

Parecia que o desafio hoje seria Zelda. Eu estava pegando a correspondência quando de repente ela se materializou do outro lado de um arbusto.

— Aí está você! — disse ela, com a voz rouca de fumante, me fazendo pular.

— Sra. Smith! — falei em tom de repreensão. — A senhora me assustou.

— Desculpe — disse ela, embora o brilho em seus olhos demonstrasse o oposto. — É muito difícil encontrá-la em casa.

— É porque raramente fico em casa — falei, tentando manter o tom leve. — Normalmente, estou na biblioteca. Já mencionei isso antes. A senhora é mais que bem-vinda para me encontrar no trabalho, se precisar falar comigo.

Zelda fez uma careta. — Eu não leio.

— Há vários outros motivos para ir à biblioteca. Temos ótimas áreas de estudo. E a senhora também pode ouvir músicas ou assitir filmes. Ou até mesmo fazer uma aula. Temos algumas opções interessantes. Ficarei feliz em lhe mostrar todas possibilidades que a biblioteca oferece. Temos alguns serviços fantásticos — continuei, de forma educada.

Era inevitável tentar convencer as pessoas à frequentar a biblioteca. No entanto, a minha propaganda não estava surtindo o efeito desejado. Zelda agora parecia ainda menos inclinada a visitar o local.

— Agradeço, mas não tenho interesse — disse ela, em tom de indiferença. — Queria falar com você sobre a associação de moradores.

Aparentemente, a missão de vida de Zelda era me pressionar para fazer parte do conselho da associação de moradores do bairro.

No entanto, isso não estava nos meus planos. Se eu não tinha tempo para plantar uma horta, certamente não teria tempo para participar da associação de moradores. Além disso, vários vizinhos reclamaram comigo sobre o conselho e suas políticas intrusivas.

Todos concordavam com muitas das regras, como ensacar o lixo, recolher as lixieras após a coleta e manter os pátios limpos. Mas também decidiram sobre a construção de casas. . . se eles tinham permissão para construir um deck ou uma varanda ou até mesmo uma casa na árvore no quintal. Isso pareceu irritar meus vizinhos e foi outro motivo pelo qual eu não queria ter um lugar no conselho.

— Acho que já discutimos isso, Sra. Smith. Reconheço a importância da associação, mas o conselho merece ter um membro que tenha tempo para se dedicar e continuar a fazer um bom trabalho. Eu simplesmente não tenho tempo para isso. Trabalho em horário integral, tanto à noite quanto nos finais de semana. E não assumo um compromisso a menos que tenha certeza que farei um ótimo trabalho.

Zelda Smith estreitou os olhos. — É a sua vez, Ann. Sua falecida tia, que Deus a tenha, era uma lenda no conselho. Que dom ela tinha! E tenho certeza que ela gostaria que você assumisse a posição.

A menção à minha tia foi um golpe baixo. — Não acho que ela gostaria que eu desperdiçasse todo o meu escasso tempo livre, Sra. Smith. Gostaria de poder falar mais sobre esse assunto, mas preciso ir. — Hesitei por um momento. Como bibliotecária, meu único foco sempre foi ajudar as pessoas. Era muito, *muito* difícil alguém pedir ajuda e eu não colaborar. Então, disse: — Temos um novo vizinho na rua. Não sei o nome dele, mas talvez ele esteja interessado em fazer parte do conselho.

— Aquele jovem? — A expressão de Zelda indicava sua opinião sobre a juventude em geral. E também mostrou que ela não me considerava parte daquele grupo, embora eu tivesse certeza de que eu e o rapaz tínhamos mais ou menos a mesma idade. — Alguém me contou que ele era DJ. — Ela pronunciou as palavras como se música fosse algo potencialmente venenoso.

— Não o conheço — acrescentei. — Apenas pensei que talvez valesse a pena contatá-lo. — Peguei minhas chaves e caminhei até a porta da frente com determinação. — Até logo, Sra. Smith.

Destranquei a porta e a abri com um suspiro de alívio, acendendo algumas luzes ao entrar. O ambiente alegre nunca deixava de me fazer sorrir, as poltronas e o sofá com estofado de algodão, os tapetes multicoloridos e as paredes repletas de livros.

Optei por um banho rápido, mais para me sentir aquecida depois de ter passado tanto tempo na chuva e ficado com as roupas encharcadas. Vesti uma calça preta e uma blusa cinza com manga três quartos. Prendi o cabelo em um rabo de cavalo frouxo, coloquei pequenas argolas de prata e o medalhão de ouro que sempre costumo usar. Parecia que eu estava prestes a voltar ao trabalho, mas queria usar algo conservador para o encontro que a cliente da bilbioteca havia marcado. Encorajar o rapaz não estava nos meus planos, apesar dos lembretes de Wilson para manter a mente aberta. Pelo menos uma coisa boa aconteceu: a chuva finalmente parou.

Não pude deixar de suspirar enquanto voltava para o carro. Teria sido tão bom ficar em casa, vestir roupas de ioga confortáveis, esquentar algumas sobras da noite passada e terminar de ler *O Alquimista*, que de alguma forma, eu nunca tinha tempo de ler. Então, disse a mim mesma para me controlar. Era apenas um encontro e isso deixaria Emily feliz. Além disso, era provável que meu pretendente estivesse tão relutante quanto eu. Talvez fosse algo que nos faria rir. Tentei lembrar o nome dele. Roger. Roger Walton. Repeti baixinho algumas vezes para ter certeza de que estava gravado em meu cérebro.

Uma coisa que achei bem estranho foi ele ter me convidado para jantar em sua casa. Se havia algo que aprendi durante minha longa e desastrosa experiência de namoro, foi que encontrar alguém para tomar um café ou almoçar era mais seguro. Rápido o suficiente para que você não se sentisse presa, mas longo o suficiente para se ter uma ideia de quem era a pessoa em questão. Isso me fez pensar se Roger não namorava há algum tempo. Talvez tenha se divorciado recentemente ou terminado um relacionamento longo. Emily, sua tia-avó, não havia fornecido muitas pistas.

Parei em frente a uma casa grande com um jardim bem cuidado. Parecia um daqueles projetos onde constroem uma casa enorme em dois lotes pequenos. O sol tentava aparecer por entre as nuvens, e eu podia ver os tons de roxo e cor-de-rosa do pôr do sol que se aproximava sobre os picos das montanhas. Saí do carro, alisando as roupas e os fios rebeldes do rabo de cavalo. Suspirei enquanto caminhava pela calçada em direção à casa. Emily tinha boas intenções e foi gentil em armar um encontro para nós dois. Mas nunca consegui entender por que todos estavam tão determinados a forçar pessoas solteiras a namorar. Respirei fundo, toquei a campainha e esperei, sentindo um friozinho na barriga.

Depois de um minuto, toquei a campainha outra vez, hesitante. Eu não queria parecer ansiosa, mas era a hora marcada que combinamos. Não era? Franzi a testa e verifiquei o celular para reler a mensagem de texto, caso eu tivesse enlouquecido. Mas lá estava... Às18h. Na casa dele.

Talvez a campainha não estivesse funcionando. Bati na porta alguns segundo depois, me mexendo de modo desconfortável e começando a me sentir uma idiota parada na porta por tanto tempo.

Então respirei fundo. Era cheiro de carvão? Talvez Roger estivesse planejando fazer um churrasco e tivesse esquecido de dizer para eu dar a volta até o jardim dos fundos. De qualquer forma, ele não estava atendendo a porta, então decidi entrar.

Quando dei a volta ao redor da casa, chapinhando no gramado lamacento, vi uma churrasqueira fumegando... e o corpo do meu pretendente no chão, com um espeto cravado no pescoço.

Capítulo Dois

Por um segundo, fiquei paralisada olhando para ele. Então corri para ter certeza se Roger ainda estava respirando e precisava de ajuda. Não senti a pulsação e vi que seus olhos estavam abertos, o olhar fixo. Respirei fundo, peguei o celular com as mãos trêmulas e chamei a polícia enquanto voltava com cuidado para o jardim da frente.

Quase de imediato, já pude ouvir uma sirene distante. E depois outra. E outra. Em uma cidade como Whitby, os serviços de emergência não tinha muito o que fazer, então todos compareciam em conjunto para um grande evento.

Alguns minutos depois, um carro da polícia, uma ambulância e um caminhão de bombeiros pararam em frente à casa, com sirenes tocando e luzes piscando. E segundos depois, todos os vizinhos estavam parados no jardim da frente, olhando ansiosos para a aglomeração. Se eu tinha alguma ilusão de que meu encontro às cegas seria mantido em segredo, agora era tarde demais.

Apontei para a lateral da casa enquanto o policial corria na minha direção. — Lá atrás — falei, decidindo não dizer que não havia necessidade de correr. Estremeci e senti as pernas ficarem um pouco trêmulas. Um dos paramédicos percebeu. — Sente-se — disse ele com firmeza enquanto desaparecia em direção aos fundos da casa.

Fiz o que me foi dito. A tensão do encontro às cegas, junto com o choque da descoberta do corpo, me desestabilizou muito mais do que eu imaginava. Trabalhando com o público, eu tinha experiência em lidar com pessoas doentes e me considerava alguém que não era fácil de intimidar. Aparentemente, porém, isso não se estendia à descoberta do corpo do meu suposto pretendente.

Sentei na calçada enquanto os paramédicos trabalhavam. Vi o ritmo deles diminuir quando perceberam que não se tratava de uma emergência. O tom das vozes era sombrio.

Um minuto depois, um dos paramédicos voltou para verificar como eu estava.

— Estou bem — respondi, me sentindo envergonhada. — Fiquei tonta por alguns segundos.

O paramédico assentiu e voltou para o jardim dos fundos. Os bombeiros foram embora alguns minutos depois e esperei o policial vir falar comigo. Se não me engano, ele era o chefe. Tentei lembrar o que sabia sobre ele, inclusive seu nome. Ele tinha assumido o cargo há apenas um mês e havia se mudado de outro estado para cá, de acordo com uma matéria que li no jornal. Era um homem de meia-idade, alto, robusto, com um olhar firme e calvície nas laterais da testa.

Lembrei que logo quando se mudou, ele ofereceu um 'café com um policial' como uma oportunidade para conhecer os membros da comunidade e descobrir a opinião das pessoas sobre a cidade e questões de segurança. Foi uma jogada inteligente, considerando que cidades pequenas podem ser resistentes a conhecer e aceitar novas pessoas.

Poucos minutos depois, ele reapareceu, a expressão séria. Ao me ver ainda sentada na calçada, ele se aproximou e se sentou pesadamente ao meu lado.

— Você está bem? — perguntou, me olhando com preocupação.

— Sim. Desculpe, fiquei um pouco atordoada por um momento e um dos paramédicos orientou que eu me sentasse. Posso acompanhá-lo até algum outro lugar se precisar falar comigo sobre os detalhes.

Ele começou a balançar a cabeça e depois olhou para os vizinhos que continuavam nos encarando.

— Cidades pequenas — falei, deixando escapar uma risadinha.

Ele assentiu e disse: — Talvez não fosse uma má ideia conversarmos em outro lugar. É meio perturbador ter audiência. Acha que surtariam se a vissem sentada na viatura da polícia?

— Não, desde que você não me algeme e me peça para sentar no banco de trás.

Ele riu. — Não há necessidade disso, pelo menos não agora. Os assassinos geralmente não denunciam seus crimes. Embora eu tenha que ficar de olho em você.

Nos acomodamos na viatura e ele ligou o carro para o ar condicionado funcionar. Ele parecia estar com muito calor depois do esforço de correr para os fundos da casa e o estresse da situação. Ele ligou o ar-condicionado no máximo.

— Em primeiro lugar — começou ele, estendendo a mão. — Sou Burton Edison, o novo chefe de polícia. Acho que não fomos apresentados.

— Ann Beckett. Sou bibliotecária — falei, retribuindo o cumprimento.

Ele acenou com a cabeça e continuou: — Prazer em conhecê-la, Ann. Pode me contar o que aconteceu? E qual a sua ligação com a vítima? — Ele olhou para o bloco. — Um dos bombeiros o identificou como Roger Walton. Essa informação está correta?

Assenti com a cabeça. — Sim. Pelo menos, presumo que esteja correta. Gostaria de poder lhe dar mais informações. Não conheci Roger. Cheguei cerca de cinco ou seis minutos antes de ligar para a polícia. Fiquei no trabalho a tarde toda antes de ir para casa me arrumar. Eu e uma vizinha, Zelda Smith, conversamos por alguns minutos quando cheguei em casa. — Me apressei em dizer. Caso precisasse de um álibi, pelo menos Zelda poderia ser útil. — Roger era meu encontro às cegas. O encontro foi marcado por sua tia-avó, que é uma das clientes da biblioteca. Roger não respondeu quando bati e toquei a campainha, então dei a volta na lateral da casa.

Burton grunhiu. — Você provavelmente sentiu o cheiro da grelha, não foi?

Assenti. Ele era perspicaz. — Isso mesmo. Eu não tinha certeza do que ele havia planejado para o jantar, mas quando senti o cheiro de carvão queimado, dei a volta na lateral da casa, imaginando que ele não conseguia ouvir a campainha. Foi quando o encontrei — expliquei, tentando manter a voz firme.

Burton fez mais algumas anotações. — Esse deve ser o pior encontro às cegas já registrado — disse ele, erguendo os olhos para demonstrar compaixão.

Esbocei um sorriso. — Pois é, embora eu tenha ido a alguns tão ruins quanto esse. Minha vida amorosa não tem sido muito gratificante.

Um carro parou atrás de nós e estacionou na calçada. Uma mulher loira, na casa dos vinte anos desceu, os olhos estreitados de preocupação ao ver a ambulância e o carro da polícia em que Burton e eu estávamos sentados. Ela se aproximou de nós.

— Posso ajudá-la, senhora? — perguntou Burton, de forma educada ao descer do carro.

— Sim — disse a mulher, com a voz áspera. — Pode me dizer o que está acontecendo aqui? Por que está cheio de carros de polícia e ambulâncias?

Burton assentiu e estendeu a mão. — Sou Burton Edison, o novo chefe de polícia de Whitby. Acho que não nos conhecemos.

— Sou Heather Walton — respondeu a jovem, tirando com impaciência uma mecha de cabelo loiro dos olhos. — Meu irmão mora aqui.

Burton respirou fundo.

— Sente-se aqui — falei, saindo do carro da polícia. — Eu não deveria estar monopolizando o assento. — Na verdade, eu só queria sair dali, ainda mais porque um membro da família estava sendo informado sobre uma tragédia.

Burton pareceu perceber que eu estava me esquivando. — Sria ótimo se você pudesse ficar por perto, Ann. Talvez eu precise de mais algumas informações.

— Podemos voltar a falar sobre o meu irmão? — perguntou Heather, impaciente.

— Por acaso você tem uma foto do seu irmão? De Roger? — perguntou Burton.

Heather suspirou, pegou o celular e começou a rolar a tela antes de mostrar uma foto ao chefe de polícia.

— Sinto muito ter que lhe dizer isso, mas Roger está morto. Ele foi esfaqueado. — Burton pronunciou as palavras com cuidado, tentando ser o mais claro possível.

Heather engasgou, cobrindo a boca com uma das mãos.

Dei alguns passos para trás, tomando cuidado para não me afastar *demais*, já que Burton fez questão de dizer que queria falar comigo novamente.

Burton conversou com Heather por alguns minutos enquanto o sol começava a se pôr. Pouco tempo depois, outros carros pararam e descobri que a polícia estadual, a SBI, havia chegado. Imaginei que Whitby fosse uma cidade pequena demais para ter qualquer tipo de departamento forense ou para estar equipada com o mínimo necessário para uma investigação de assassinato. O SBI me fez as mesmas perguntas que Burton.

Enquanto eu estava sendo interrogada, Heather se aproximou e me deu um sorriso tenso. — Tenho a terrível sensação de que deveria conhecê-la, mas não consigo me lembrar. Você estava namorando Roger?

Era óbvio que Roger não havia contado sobre o encontro para a irmã, mas nem todos os irmãos trocavam confidências.

— Sinto muito pelo seu irmão. Não estávamos namorando, mas tínhamos um primeiro encontro marcado para hoje à noite. É por isso que eu estava aqui. Meu nome é Ann Beckett. Vi você na biblioteca. Trabalho lá.

Heather assentiu. — Obrigada. É terrível perceber que reconhece alguém, mas não sabe de onde. É claro, eu a conheço da biblioteca. Eu a vejo lá toda semana.

— Quando se está acostumado a ver alguém *apenas* em um determinado lugar e essa pessoa não está lá, pode ser difícil identificá-la. — Hesitei e continuei: — Mais uma vez, sinto muito pelo seu irmão. Isto deve ser um choque terrível.

Lágrimas brotaram dos olhos de Heather e ela limpou o rosto com impaciência. — Desculpe. Roger e eu éramos muito próximos e simplesmente não consigo aceitar que ele se foi.

— Veio visitá-lo? — perguntei em tom gentil. Se fosse o caso, era melhor ter sido eu a encontrar o corpo do que deixar a irmã descobrir o irmão morto.

Ela hesitou. — Estava de passando de carro. Fui fazer algumas compras esta noite. Estive na farmácia, abasteci o carro e estava a caminho do supermercado quando vi os veículos de emergência e queria saber o que estava acontecendo.

— Sinto muito. Deve ter sido assustador ver todas essa confusão e descobrir que se tratava da casa do seu irmão.

Heather assentiu e depois esfregou os olhos com impaciência. — Não é tão assustador quanto o que aconteceu com você! O chefe me contou tudo. Você deu a volta na lateral da casa para ver por que ele não estava atendendo a porta e então... o encontrou.

Assenti com a cabeça e tentei falar com naturalidade, embora sentisse um tremor na voz. — Isso mesmo. E embora eu não conhecesse Roger, lamento não ter tido a oportunidade de conhecê-lo. Ele parece ser um bom irmão.

Heather ficou com o olhar distante e se virou por um segundo para observar a casa.

— Sinto muito. Tudo isso parece uma loucura.

Heather disse lentamente: — Parece mesmo. Não posso acreditar no que aconteceu. Whitby não é o tipo de cidade onde assassinatos acontecem. Não foi uma invasão aleatória. O chefe de polícia disse que após uma breve inspeção, não parecia haver nada fora do lugar. Não havia gavetas abertas, papéis espalhados no chão, ou qualquer sinal de que alguém estivesse vasculhando a casa.

— Eles podem afirmar isso? Um homem que mora sozinho pode deixar algumas gavetas e armários abertos ou algo do tipo. Homens solteiros costumam ser um pouco desleixados.

Heather negou com a cabeça. — A maioria dos homens sim, mas não meu irmão. Ele mantinha tudo muito arrumado. Ele sempre limpava a casa. Acho que nunca estive lá e vi uma caneca de café na pia. Mas você tem razão, a polícia não pode *afirmar* até que eu entre na casa e dê uma olhada. Talvez mais tarde ou amanhã, porque o chefe disse que precisam que tratar a casa como uma cena de crime agora. — A voz dela voz enfraqueceu ao dizer as palavras e uma expressão triste cruzou seu rosto.

— Que coisa horrível. Sinto muito que você tenha que passar por isso.

— É horrível, mas quero ajudá-los a descobrir quem fez isso. Afinal, se não foi um roubo que deu errado, deve ter sido alguém que ele conhece. Alguém com rancor. E há apenas uma pessoa em quem consigo pensar. Uma mulher chamada Mary Hughes.

— É vizinha dele? Alguém conhecido? — Talvez os vizinhos estivessem na minha cabeça porque ainda estavam todos em seus jardins, nos observando boquiabertos. Não me surpreenderia se começassem a colocar cadeiras do jardim e comer pipoca.

— Não, Mary era uma ex-colega de trabalho de Roger.

— Eu nem mesmo sabia com o que Roger trabalhava. Era um dos assuntos que estaríamos conversando esta noite.

— Ele era consultor de investimentos. Talvez não seja o trabalho mais fascinante para discutir durante um primeiro encontro — disse Heather, com uma risada curta. — Roger trabalhava nessa área desde que se formou na universidade. Aconselhava pessoas sobre ações e títulos, ajudava a planejarem a aposentadoria, entre outras coisas. De qualquer forma, ele e Mary não se davam bem. Roger me contou que ela havia sido preterida em uma promoção há algumas semanas. Foi ele quem assumiu o cargo.

— Bem, é assim que as coisas acontecem nas empresas. Nem todos conseguem uma promoção. Se fosse assim teríamos um escritório repleto de diretores.

— É verdade. Mas pelo que ouvi, ela levou a questão para o lado pessoal. Mary achava que estava mais qualificada para a promoção do que Roger e deixou isso bem claro. Fazia questão de deixar o ambiente de trabalho bem desconfortável para Roger.

Eu podia imaginar a situação. Seria horrível ir trabalhar e ter que conviver todos os dias conviver com uma pessoa que sentia muita raiva de você.

Heather acrescentou: — Então Mary foi dispensada de forma repentina. Você sabe como são as empresas. Ela agiu como se pensasse que Roger também era o culpado pela demissão dela. Pelo menos foi o que ele disse.

— Deveria contar isso à polícia — falei, com cautela.

Heather me olhou intrigada. — Você não acha que Mary pode ter matado Roger, acha? Só por estar chateada com algo que aconteceu no trabalho?

— Não faço ideia. Não conheço Mary. Mas acho que é algo que a polícia deveria saber. Onde Mary está trabalhando agora?

Heather fez uma careta. — Isso é parte do problema. Parece que ela está tendo dificuldades em se recolocar no mercado de trabalho. Conseguiu um emprego no salão de bronzeamento artificial. Quer dizer, não conheço Mary, mas a vi entrar lá quando passei de carro. Não há nada de *errado* em trabalhar no salão, mas depois de ter um emprego mais qualificado, me pareceu não ser a melhor opção. Além do fato de que ela nunca *está* bronzeada. A última vez que a vi no supermercado, há algumas semanas, ela estava pálida como sempre, tão pálida quanto eu — disse ela, com um bufo e fez uma pausa. — Roger também me contou que ela bebia muito. Foi como se o que aconteceu com Mary no escritório a tivesse levado a descer ladeira abaixo.

Ficamos em silêncio por alguns minutos antes de Heather dizer em um tom mais alegre: — Preciso voltar a frequentar a biblioteca. Tenho o hábito de sempre estar lendo um livro, mas nos últimos meses não tenho feito isso, e tem sido uma sensação muito estranha. E talvez agora eu precise de algo para me distrair de tudo isso que está acontecendo.

Assenti com a cabeça. — Sou como você. Me sinto estranha quando não tenho uma leitura em andamento. Costumo ler dois livros ao mesmo tempo, então normalmente não tenho esse problema.

Heather fez uma careta. — Eu ficaria totalmente confusa se tentasse fazer isso. Misturaria os personagens entre os livros ou algo assim.

— Acho que eu faria a mesma coisa se os livros fossem parecidos. Só funciona porque escolho dois livros de gêneros diferentes. Um romance e o outro uma biografia, por exemplo. Que tipo de livro você gosta de ler?

— Ah, leio tudo o que ouço ser bom, mas tenho preferência por ler mistérios de assassinatos. — Heather estremeceu e deu uma risada curta. — Talvez eu precise tentar algo diferente, já que pareço estar envolvida em um mistério de assassinato na vida real.

— Tem razão. Embora eu conheça um mistério de assassinato muito divertido. Experimente *Assassinatos de Pega*, de Anthony Horowitz.

Ela sorriu. — Obrigada pela indicação. Vou dar uma passada na biblioteca em breve.

Alguns minutos depois, Burton me puxou de lado para fazer mais algumas perguntas sobre os detalhes dos meus atos antes de chegar na casa de Roger, como quanto tempo esperei na porta e o que percebi quando cheguei no jardim dos fundos.

Antes de sair, ele acrescentou: — Você disse que trabalha na biblioteca.

Assenti com a cabeça. — Estou lá quase todos os dias. Na verdade, não deveria trabalhar tantas horas assim, mas adoro estar lá.

— É que sou novo na cidade. Suponho que não seja o seu caso.

— Morei em Whitby a maior parte da minha vida.

— Que tal se conversássemos de vez em quando? Nada oficial. — Ele se apressou em dizer. — Mas gostaria de saber sua opinião sobre a cidade e os moradores. Você provavelmente conhece muitas pessoas por causa do trabalho na biblioteca. E tem acesso ao tipo de informação que pode ser valiosa para mim. Não quero cometer injustiças com ninguém em um caso grande como este, além de ser o meu primeiro caso de alta visibilidade aqui na cidade.

Sorri. — Parece uma ótima ideia. Agradeço sua preocupação por ser novo aqui.

— Não quero atropelar as coisas. Sei que cidades pequenas costumam desconfiar um pouco dos recém-chegados.

— E o seu delegado? Ele conhece muitas pessoas na cidade?

Burton revirou os olhos. — Digamos apenas que ele é bastante antissocial. Não é muito de falar. Arrisco dizer que talvez eu conheça mais pessoas na cidade do que ele.

De repente me lembrei de algo: — Na verdade, você pode me ajudar com uma coisa. Sei que não terá muito tempo enquanto estiver trabalhando neste caso, mas recentemente fiz uma pesquisa para descobrir quais atividades os adultos poderiam se interessar na biblioteca. Uma das coisas mais solicitadas foi uma aula de autodefesa.

Burton ergueu as sobrancelhas ao ouvir aquilo. — Em Whitby? Não vejo muita necessidade disso por aqui.

Meu sorriso foi um pouco mais tenso dessa vez. — Bem, foi uma sugestão minha, então talvez os resultados da pesquisa tenham sido um pouco menos fidedignos.

Burton me lançou um olhar avaliador. — Está preocupada com sua própria segurança? Entendo que trabalha em um local público, mas até agora Whitby parece um local bem tranquilo.

Respirei fundo. — É provavelmente o reflexo da minha história. Fui criada pela minha tia-avó aqui em Whitby porque perdi minha mãe quando tinha oito anos. Morávamos em Charlotte naquela época. Era cedo demais para perceber que o mundo não era um lugar tão seguro. — Estremeci, ainda me lembrando dos meses terríveis que tive após a morte de minha mãe e da gentileza de minha tia sempre que os pesadelos aconteciam.

Burton assentiu lentamente. — Sinto muito. É claro que isso afetará a maneira como você vê o mundo. Ficaria feliz em dar a aula. Pensando bem, seria uma boa maneira de conhecer mais alguns moradores, então quanto mais cedo melhor.

— Vou organizar o evento, então — falei. Talvez não tenhamos muito tempo para divulgar a notícia, mas se eu agendar algumas postagens nas redes sociais, ainda poderíamos conseguir um bom grupo.

Capítulo Três

Voltei para casa no meio do nevoeiro. Encontrei algo na geladeira para esquentar e comi sem me concentrar no que estava fazendo. Tudo que eu conseguia pensar era no que havia acontecido. Peguei meu livro, coloquei-o de volta na mesa e esfreguei o rosto com as mãos. As coisas ficariam ruins se eu não conseguisse me distrair com meu passatempo favorito. De repente percebi que precisava de algo mais simples. O que eu realmente *precisava* era dormir, mas com certeza não conseguiria fazer isso até me acalmar um pouco.

Peguei o controle remoto e liguei a televisão. Fazia algum tempo que não era usado e precisei tirar a poeira. Decidi assistir a algum tipo de reality show que atraísse a minha atenção e me acomodei para assistir o equivalente ao algodão doce na TV. Decididamente não nutritivo, mas cativante quando a chuva recomeçou a fazer barulho sobre o telhado.

Na manhã seguinte, estava bem lenta, enquanto me arrumava. Tive sonhos malucos a noite inteira com gatos, corpos e polícia e acordei sem me sentir descansada. Tomei cuidado especial ao me maquiar, imaginando que um corretivo bem aplicado poderia cobrir a maior parte das evidências da noite mal dormida.

Usei minha chave para abrir a biblioteca e acendi as luzes. O antigo prédio parecia um lar. Era uma linda e antiga biblioteca Carnegie. Foi construído no estilo renascentista grego e parecia um templo antigo. Os tijolos eram de cor amarelada e havia um parapeito baixo ao redor do telhado com enfeites na cornija. O centro do telhado era elevado e ostentava leões ornamentais. O interior era alegre e aconchegante, com poltronas confortáveis e lareira na área de leitura. Parecia seguro. Além disso, obviamente, todo o lugar cheirava a livros.

Não demorou muito para que Wilson chegasse, novamente vestindo um terno formal e logo perguntou: — Como foi seu encontro?

Estremeci. — Estou surpresa que a notícia ainda não tenha circulado, considerando o número de vizinhos que espiavam pelas janelas e que estavam nos jardins. Meu pretendente estava morto quando cheguei.

— O quê? — Wilson arregalou os olhos.

Expliquei o que tinha acontecido enquanto Wilson me olhava boquiaberto e balançava a cabeça. — Que loucura! — Ele passou a mão pelos cabelos brancos, deixando-os arrepiados em alguns pontos.

Balancei a cabeça, resistindo à vontade de estender a mão e arrumar o cabelo dele. — Espero que o delegado tenha conseguido entrar em contato com outros familiares de Roger ou que a irmã tenha conseguido. Odiaria que sua tia-avó Emily, viesse aqui esta manhã e me fizesse a mesma pergunta que você. Ela estava muito animada com o nosso encontro — acrescentei com tristeza.

— A irmã dele estava lá ontem à noite?

— Ela apareceu quando viu os carros de emergência. Acho que ficou assustada. De qualquer forma, foi horrível e não dormi muito bem esta noite, então vou precisar ligar a cafeteira na sala de convivência.

Wilson se moveu de forma desconfortável, um gesto que eu já conhecia e temia.

— Humm. O que aconteceu? — perguntei, me apoiando contra uma estante de livros. — Deixe-me adivinhar: a copiadora está emperrada. Estamos sem formulários fiscais? O banheiro feminino está interditado? Pior ainda: a *cafeteira* está quebrada? Pode falar que eu aguento.

— Pior — disse Wilson, em tom sombrio. — A nova bibliotecária infantil vai se atrasar por causa de uma emergência familiar.

— Sério? E você precisa que eu faça a hora da história infantil? Qual a programação de hoje?

— *Mamãe Ganso* — respondeu Wilson. Normalmente, as mães e as crianças eram presenteadas com um grande contador de histórias que usava fantoches e adereços para criar uma experiência mágica. Esta manhã, por outro lado, todos sofreríamos com minha interpretação, que envolvia preparação de última hora e uma bibliotecária cansada.

— Está bem. Eu cuido disso — concordei, tentando me convencer demonstrando confiança. — Desde que não seja a aula de artesanato para adultos, certo? Você lembra como *foi* da última vez.

— Os mosaicos? Sim. O conselho da biblioteca decidiu que você será proibida de dar aulas relacionadas ao programa de artesanato — disse Wilson, em tom seco.

Estremeci com a lembrança. Eu estava entusiasmada demais para pensar que poderia substituir o voluntário do nosso programa, que estava gripado. Resumindo, deveríamos simplesmente ter remarcado a aula. — Talvez um programa menos confuso teria sido melhor para eu ministrar. Fazendo guirlandas ou algo do tipo. A hora da história da *Mamãe Ganso* será fácil em comparação ao artesanato.

— As bolhas estão no armário — disse Wilson, com uma risada.

— Muito bem, bolhas. — As crianças estavam acostumadas a estourar bolhas no início e no final da hora da história como uma forma de interagirem. Eu só esperava que a máquina de bolhas estivesse em excelentes condições de funcionamento.

— É o evento das 9h — disse Wilson, incisivo.

— E essa é a minha deixa — falei, me apressando.

Depois de separar os livros e colocar a máquina de bolhas e os CDs na sala comunitária, fui até o balcão de circulação para ajudar um cliente que estava tendo problemas com a retirada. Vi um bilhete manuscrito sobre a mesa. Dizia: *Para sua informação, os gatos pertenciam a Elsie Brennon. Infelizmente, ela faleceu faz pouco tempo e os gatos não têm um lar.* Olhei ao redor da biblioteca enquanto entregava os livros à cliente. Avistei Linus Truman, um frequentador assíduo, olhando em minha direção antes de voltar a se concentrar na leitura. Apesar de Linus vir aqui todos os dias, ele nunca conversava com os bibliotecários. Fazia sentido que tivesse deixado o bilhete. Ele queria ajudar, mas não queria ser atraído para uma conversa.

Então chegou a hora da história. O incrível é que tudo correu muito melhor do que eu poderia esperar. Eu sabia que os livros funcionariam bem. Amei *Brown Bear, Brown Bear, What Do You See?* e *The Very Hungry Caterpillar.* As crianças eram adoráveis e a hora da história em si foi divertida, embora caótica, com uma sala cheia de pequenos cheios de energia. O único problema costumava ser as mães. Por alguma razão, este grupo específico era bem exigente, sem uma única mãe descontraída. Provavelmente por ser a primeira vez de muitas mães nesse evento. E se eu não estivesse bem preparada (como não estava desta vez) não apenas com livros, mas também com músicas e artesanato, as mães não hesitariam em comentar.

Antes de me juntar às mães e crianças que já enchiam a sala, olhei hesitante para a sala de informática. Com certeza, havia um pai com uma criança pequena, como aconteceu todos os dias desta semana. Ele ficava esperando a biblioteca abrir todas as manhãs. Disse que estava procurando emprego porque havia sido demitido na semana anterior.

Enfiei a cabeça pelas portas de vidro para observá-lo. Ele estava concentrado em um quadro de empregos enquanto a filhinha brincava com uma boneca no chão ao lado dele. — Oi, estamos prestes a começar a hora da história. Acha que sua filha gostaria de participar?

O rosto dele se iluminou. — Seria ótimo. Exceto que eu deveria estar procurando emprego. Olho os anúncios pela manhã e tento ir às entrevistas na parte da tarde.

— Sem problemas. Posso ficar de olho nela. — Estendi o braço para a menina, que me deu sua mãozinha no mesmo instante. Definitivamente não era o protocolo. A política da biblioteca determinava que cada criança deveria ser acompanhada por pelo menos um responsável. Mas assim a menina poderia fazer algo divertido enquanto o pai se concentrava em encontrar trabalho.

De alguma forma, desta vez consegui entrar no ritmo do programa. A máquina de bolhas funcionou sem problemas e as crianças dançaram encantadas, seus rostinhos voltados em êxtase para as bolhas flutuando suavemente ao redor. A garotinha da sala de informática olhou maravilhada para as bolhas, estendendo a mão com timidez, para tocá-las.

Eu também havia levado para a sala um antigo tocador de CD e presenteei o grupo com *The Wheels on the Bus* e *Head, Shoulder, Knees, and Toes*. Cantamos juntos entre os livros, o que lhes deu a oportunidade de se movimentar e não ter que ficar parados por muito tempo. É sempre bom relaxar quando se é criança.

Quando eu estava prestes a ler o terceiro livro, o maravilhoso *Moo, Baa, La La La!*, ouvi uma batida na porta de vidro. Ergui o olhar e congelei. Lá estava nossa simpática veterinária com duas caixas transportadoras e dois gatos.

— *Aquilo são gatos?* — perguntou uma mãe alta, os olhos semicerrados, no tom que alguém usaria para dizer que *existem coiotes raivosos no prédio.*

Capítulo Quatro

E stremeci. Aquela era uma mãe com quem foi difícil lidar em situações passadas. Ea uma defensora das regras e já havia reclamado no balcão de circulação sobre vários clientes que haviam adormecido nas poltronas perto da lareira e pessoas na sala de informática consumindo bebidas sem tampa.

Todas as mães e a maioria das crianças se viraram quando a ela perguntou sobre os gatos. Em resposta, liguei rapidamente a máquina de bolhas e o tocador de CD na esperança de criar uma distração, pedi licença e saí da sala. Felizmente, o pai que estava na sala de informática apareceu naquele exato momento para buscar a filha.

— Obrigado! — disse ele, a gratidão no olhar. — Encontrei um anúncio interessante, então vou ligar e ver se consigo uma entrevista.

— Que ótimo! Ela adorou as histórias. E se comportou muito bem.

Enquanto ele levava a filha embora, falei em voz alta: 'Já volto' para as mulheres na sala de leitura, sem ter certeza se isso era verdade.

— Como eles estão? — perguntei, me inclinando para espiar as caixas. Não pude evitar, a visão daqueles focinhos peludos me fez sorrir. O surpreendente foi que ambos pareciam muito tranquilos.

A veterinária sorriu. — Estão ótimos. O laranja é o gato mais amigável e descontraído que já vi. E a malhada é um doce. Eles quase me fazem esquecer que já tenho quatro gatos em casa. — Ela franziu a testa. — Tudo bem eu tê-los trazido aqui? — Ela olhou para o grupo de mães através da porta.

— Ah, não tem problema. Vamos manter os dois aqui até descobrirmos o que fazer. Um cliente acabou de me contar que pertenciam a uma senhora idosa que faleceu.

— Não encontrei nenhum microchip, mas ambos pareciam bem alimentados e saudáveis. E temos um bônus! Ambos parecem ser treinados para usar a caixa de areia.

— Ouvi dizer que a Sra. Brennon sofreu um acidente de carro há algumas semanas. Então eles estão sozinhos há pouco tempo.

— Do ponto de vista médico, ambos estão em ótima forma. Apliquei as vacinas e estão tratados. Acho que o dono ainda não tinha conseguido fazer isso. A mamãe gata, porque acho que ela é a mãe do gato laranja, vai precisar ter cuidado com a pata quebrada, mas conseguiu se firmar bem e não prevejo nenhum problema.

— Perfeito. Obrigada. Venha, vou abrir a porta da sala de convivência e os manteremos aqui. Quero deixá-los sair quando tiver oportunidade para ajudá-los a se ambientarem. Mas preciso encerrar a hora da história. Pode deixar as caixas que eu devolvo mais tarde? — perguntei, afastando uma mecha de cabelo dos olhos. Ótimo. Agora eu estava suando.

— Por mim, tudo bem, tenho uma tonelada delas. E mais uma vez, obrigada.

Voltei para a sala dando a todos um sorriso tímido. — Desculpem.

A mãe alta voltou a perguntar: — Ei, eram gatos?

Abri um sorriso como se gatos povoando a Biblioteca Whitby fosse algo comum. — Sim, eram gatos. Que tal ouvirmos outra música? E fazer mais algumas bolhas?

Agora eu podia dizer que a hora da história foi completamente arruinada.

— Podemos ver os gatos? — perguntou a mãe. — A propósito, meu nome é Lisa. Sei que já conversamos antes, mas acho que não me apresentei.

Fiquei admirada. Presumi que ela estava perguntando sobre os gatos porque queria reclamar da presença deles. — Vê-los?

Uma mãe loira, de estatura pequena disse: — Minha filha *adora* gatos. Você poderia trazê-los para a sala?

Neguei com a cabeça. — Sinto muito, mas eles tiveram alguns dias difíceis. — Fiz um breve resumo do resgate traumático dos gatos. — A veterinária acabou de trazê-los da clínica. Um deles está com a pata quebrada e precisa ficar de repouso.

Lisa disse em tom decisivo: — Sabe o que você devia fazer? Deixá-los ser gatos de biblioteca. Ou pelo menos um deles.

A mãe loira se virou e disse: — Isso seria tão legal. As crianças podiam afagar os gatos e ler histórias para eles. É algo viável em uma biblioteca, não é? É tão aconchegante. Um gato, um monte de livros e uma lareira. Parece o paraíso!

— Não acho que isso seja algo que a biblioteca esteja considerando no momento — falei em tom suave, mas senti um aperto no peito. Wilson era o chefe, mas eu esperava que ele mudasse de ideia sobre ter um ou dois gatos na biblioteca. Havia algo naqueles dois que realmente tocou meu coração.

— Então você está procurando um lar para eles. Bem, vamos considerar adotar pelo menos um deles, com certeza. Pobrezinhos. E também queremos adotar um gato adulto. São treinados para usar a caixa de areia? — perguntou Lisa.

Aquilo era algo que eu nem havia considerado... treinamento para usar a caixa de areia. E, do jeito que terminou o encontro às cegas na noite passada, os gatos foram forçados a sair dos meus pensamentos. Pelo menos tinha sobrado um pouco de areia e comida que um dos clientes havia trazido ontem à tarde.

— A veterinária disse que ambos usaram a caixa de areia enquanto estavam na clínica. Para ser honesta, não temos suprimentos, pelo menos não o suficiente. As últimas vinte e quatro horas foram bastante caóticas — admiti.

Lisa não fez nenhum julgamento sobre o meu comentário, mas entrou em ação. — Muito bem, vamos fazer o seguinte: Janine, pode cuidar de Sarah para mim, certo? Vou até a loja e comprar tudo o que está faltando.

— Não precisa fazer isso — falei, mas ela já estava deixando a sala em direção à saída da biblioteca.

A mãe loira, que aparentemente era Janine, levou a pequena Sarah para brincar com o filho nos computadores da seção infantil. A hora da história estava oficialmente encerrada, então voltei para ver os gatos.

Esperava que tivessem usado a caixa sanitária antes de saírem da clínica, porque eu queria deixá-los sair da sala para se acostumarem com o novo ambiente. Mas antes, imprimi uma placa de alerta na porta da sala para avisar que os gatos estavam soltos e para tomarem cuidado para não deixá-los fugir. Eu não tinha intenção de fazê-los vagar pela biblioteca enquanto estivessem em um lugar desconhecido e pudessem fugir.

Ajoelhei no chão, falando em tom suave. Ambos pareciam indiferentes à situação atual. Abri primeiro a porta da caixa do gato laranja, que saiu ronronando e se esfregando em mim. Em seguida, pulou no meu colo enquanto eu erguia a cabeça para ele se aninhar no meu pescoço. Não pude evitar. Estava me apaixonando por aquela criaturinha.

Abri a porta da caixa da gata malhada e ela saiu miando com a mesma indiferença. Andava um pouco desajeitada com a perna engessada, mas parecia não estar sentindo dor.

Ambos passearam pelo salão por alguns minutos. Era um espaço confortável com cartazes de temática literária, mesas para os bibliotecários fazerem lanches ou almoçar, uma pequena geladeira, um micro-ondas, e algumas violetas africanas no parapeito da enorme janela que tinha vista para o gramado da frente da biblioteca. Fiz uma rápida pesquisa online para garantir que as plantas eram seguras para os gatos e suspirei aliviada. Depois de farejar e explorar o local, ambos se instalaram sob a luz do sol refletida no chão. Lamberam um ao outro durante vários minutos, se aninharam e por fim adormeceram.

Permaneceram assim até ouvir uma batida na porta. Contive um grinhido. A única pessoa que bateria à porta seria um cliente, não um bibliotecário. E isso era um sinal de que algo podia estar errado. Abri a porta e vi Lisa segurando várias sacolas enormes. Ela aparentemente recrutou algum cliente do sexo masculino para ajudá-la a descarregar o carro, e ele carregava mais sacolas.

— Obrigada! — agradeceu Lisa, sem se virar para encarar o homem. Ela percebeu para as caixas vazias e imediatamente olhou para o raio de sol. — Oh, eles são tão preciosos — sussurrou.

Os gatos ergueram a cabeça como se reconhecessem um elogio ao ouvi-lo. A gata malhada lutou para ficar de pé e cambaleou ronronando em direção a Lisa, que se apressou para que a gata não precisasse andar.

— Ah meu Deus. Este gata é incrível! Depois de tudo que passou, consegue ser tão mansa. Se fosse eu, estaria escondida em um canto em algum lugar.

Sorri para ela enquanto desempacotava as sacolas de compras. Vi que Lisa havia comprado ração de gato seca e úmida, brinquedos, camas e outra caixa sanitária. Quem quer que ela fosse, tinha um bom coração. E, aparentemente, bastante dinheiro.

— Faz algum tempo que meu marido e eu planejamos ir ao abrigo para adotar um gato — disse Lisa, enquanto acariciava a gata malhada. — Mas ainda não fomos até lá. Esta gata parece perfeita. O que sabe a respeito dela?

Balancei a cabeça. — Infelizmente, não tenho muita informação. Sei que o veterinário disse que ela não tem microchips. Outro cliente disse que os gatos pertenciam a uma senhora idosa que faleceu há pouco tempo. A gata foi vacinada, está medicada e deve ficar de repouso por alguns dias. Segundo a veterinária, é provável que seja a mãe do gato laranja.

— Faço questão de reembolsar a biblioteca pelos cuidados médicos. Queria saber se meu marido e eu poderíamos levá-la para casa? — Ela me encarou com um olhar esperançoso, a mãe mandona de antes havia desaparecido.

Hesitei por um minuto. Eu sabia que Wilson queria os gatos fora da biblioteca o mais rápido possível. Lisa parecia ser uma pessoa responsável para cuidar de animais de estimação, na verdade, havia acabado de provar isso. E pensando bem, talvez fosse melhor para a gata se adaptar ao seu lar definitivo, em vez de se acostumar com a biblioteca para depois ser transferido novamente para outro lugar. Além disso, as duas pareciam estar se dando muito bem. A gata estava no céu enquanto Lisa fazia cócegas em seu queixo.

Sorri para ela. — Acho que seria perfeito. E não se preocupe com as despesas médicas, a veterinária não cobrou o atendimento. Preciso apenas que devolva a caixa transportadora na clínica assim que puder. O nome da veterinária está escrito na caixa. E, por favor, leve para casa algumas dessas coisas que comprou para os gatos.

— Obrigada! Como sabe, estou sempre por aqui, então vou lhe mantendo atualizada. E darei a ela um nome literário que honre o tempo que passou na biblioteca.

— Que ótimo!

Wilson enfiou a cabeça pela porta da sala e piscou surpreso para os dois gatos e Lisa, qu ergueu o olhar. — Estou de saída, prometo. E levarei um dos gatos comigo.

— Isso é ótimo — disse Wilson, aliviado. Ele baixou o olhar para o gato laranja esparramado sob um raio de sol e disse: — A nova bibliotecária infantil chegou.

Excelente. — Qual é mesmo o nome dela?

— Luna Macon. Você poderia me fazer um favor e mostrar a biblioteca a ela? Tenho uma reunião e preciso sair agora.

Assenti com a cabeça e Wilson saiu.

Lisa acariciou mais uma vez a gata malhada e se levantou para abrir as persianas que davam privacidade à área de estar, separando-a do resto da biblioteca. — Uau — disse ela, lentamente e sorriu para mim enquanto fechava as persianas.

— Uau? — perguntei. Sempre fiquei impressionada com bibliotecários infantis, mas apenas em relação a desempenharem bem seu trabalho.

— Digamos que tenho a sensação de que a hora da história acaba de ficar um pouco mais legal. Sem ofensa — esclareceu Lisa.

— Não me ofendi — respondi automaticamente. Levantei também e afastei as persianas. Havia uma mulher que eu nunca tinha visto, nem na cidade de Whitby, nem na biblioteca. Ela tinha cabelos com mechas roxas, piercing no nariz e usava esmalte preto. Havia tatuagens aparecendo sob a blusa preta, mas a calça preta era longa o suficiente para cobrir tudo o que pudesse aparecer. Fechei depressas as persianas antes que ela pudesse se virar e me ver. Luna parecia estar trazendo o fator diversão para a Biblioteca Whitby.

— É melhor eu fazer o tour — disse, sorrindo para Lisa. Peguei um pedaço de papel e um lápis e anotei meu nome e telefone. — Se tiver algum problema ou mudar de ideia sobre ficar com a gata malhada, é só me ligar. Aqui está o número do meu celular. Se eu estiver trabalhando, posso demorar alguns minutos para retornar.

Lisa pegou o papel e o colocou no bolso. — Vou mantê-la atualizada, mas tenho certeza que ficaremos com essa coisa fofa.

Saí da sala, respirei fundo e me aproximei da mulher de meia-idade com um sorriso. — Luna Macon? — perguntei.

Ela se virou e me deu o sorriso mais caloroso e genuíno que já vi. Um dente de ouro reluziu. — Sim. Você deve ser Ann. Sinto *muito* por não ter aparecido hoje pela manhã. Que maneira de começar um trabalho, não?

— Não se preocupe. Acredite, isso acontece. Gostaria que eu lhe mostrasse a biblioteca?

— Adoraria. Não venho aqui desde que era adolescente e já faz um tempo, como pode perceber. — Ela deu uma risada contagiosa e não pude deixar de retribuir.

— Ah, você cresceu aqui? — perguntei, enquanto começávamos a caminhar em direção ao balcão de circulação.

— Sim. Depois me mudei para... a princípio para Nova York, depois para vários outros lugares, e voltei para Nova York. Minha mãe está com a saúde debilitada e é por esse motivo que estou de volta à cidade. E por isso me atrasei hoje de manhã. — Embora ela ainda estivesse sorrindo, pude ver que parecia cansada e estressada.

A primeira impressão que tive foi que talvez ela tivesse ficado acordada até tarde em alguma festa na noite anterior e dormido demais por causa de uma ressaca. Fiquei um pouco envergonhada por ter feito um julgamento precipitado. Apesar de tudo com que ela parecia estar lidando, era calorosa e descontraída. Definitivamente mais do tipo mãe terra. E gentil, pensei ao ver o brilho em seus olhos.

Fiz um tour rápido pela biblioteca e ajudei Luna a se ambientar. — A seção infantil é incrível e muito bem abastecida. Nancy Drew era minha série favorita quando criança e a Biblioteca Whitby tem uma enorme coleção disponível para empréstimo. Os clientes são ótimos. E você nunca ficará entediada. Não houve um dia de trabalho em que eu não tenha sido surpreendida por alguma coisa. — Achei que seria uma boa ideia contar que havia um gato na sala de convivência. — Ontem, por exemplo. Dois meninos vieram correndo pedir ajuda para resgatar dois gatos que estavam presos em um bueiro naquela tempestade.

Pela primeira vez, Luna franziu a testa: — Eles ficaram bem? Os gatos?

Assenti com a cabeça. — Um deles ainda está aqui. Atenção que tem um gato laranja na sala de convivência. Ele parece bem tranquilo apesar de ter quase se afogado e ter sido atendido por uma veterinária ontem à noite.

— E o outro gato? — perguntou Luna.

— Uma de nossas mães da hora da história entrou em ação, comprou um monte de coisas para os gatos e acabou levando a gata malhada para casa. A veterinária disse que ela deve ser a mãe do gato laranja.

— Parece que tenho um grupo legal para contar histórias — disse Luna, com um sorriso e de repente ergueu as sobrancelhas: — Humm. Não olhe agora, mas parece que você está sendo procurada pela polícia.

Capítulo Cinco

Quando me virei, vi Burton Edison se aproximando. Ele piscou, surpreso com a aparência de Luna e hesitou antes de lhe dar um sorriso.

— Pode me dar licença por alguns minutos? — perguntei. Luna deu uma piscadela atrevida para o chefe da polícia, que enrubesceu de leve, e depois caminhou em direção a seção infantil.

— Oi, chefe Edison.

— Por favor, me chame de Burton. — Ele se apressou em dizer. — Espero que esteja tendo um dia mais tranquilo do que ontem. — Seus olhos seguiram Luna enquanto ela desaparecia na seção infantil.

Apesar da história fragmentada e da visita repentina da veterinária, *foi* um dia mais tranquilo. O que provou o quão louco havia sido o dia anterior. Assenti com a cabeça. — Tem alguma notícia sobre o que aconteceu com Roger? — perguntei baixinho. Não porque eu estivesse tentando manter o silêncio na biblioteca, que estava sempre cheia de conversas animadas, exceto na área de estudo. Mas porque as vozes tendiam a chegar até lá. Algo relacionado com a acústica do local.

Burton deu uma risada irônica. — Quem dera. Provavelmente vai demorar um pouco para chegar ao fundo desta questão. Mas eu estava de passagem e pensei em entrar para finalizarmos os detalhes da aula de defesa pessoal.

Balancei a cabeça, abrindo o aplicativo do calendário de eventos da biblioteca que mantinha no celular. — Quer fazer isso logo? Um evento foi cancelado e a sala comunitária estará disponível dentro de alguns dias depois das 17h. Seria na segunda-feira. Sei que está muito próximo e você pode precisar de mais tempo para se preparar. Ou talvez a investigação do assassinato possa estar tomando grande parte do seu tempo.

— Uma aula de autodefesa é algo que posso fazer até dormindo. Por mim, tudo bem. Preciso manter uma rotina regular, mesmo com uma investigação em andamento. Acredite, não presto sem me alimentar bem, ter uma boa noite de sono e ocupar meu tempo. Vamos agendar.

Hesitei: — Não quero que desperdice seu tempo. Sei que deve estar bastante ocupado tentando fazer seu trabalho. E não tenho certeza se teremos muitos interessados, já que não terei muito tempo para divulgar o evento.

— Não tem problema. Mesmo que tenha apenas um ou dois participantes, valerá a pena. É algo pelo qual sinto paixão em fazer — disse Burton, e em seguida hesitou. — Já que estou aqui, há algo que gostaria de falar com você.

— Claro — falei, apontando para uma mesa e cadeiras próximas. — Quer se sentar?

Nos sentamos e Burton começou: — Percebi que você passou algum tempo conversando com Heather, a irmã de Roger Wilson. Não me importo de dizer que quando conversarmos, ela manteve o silêncio. Não sei se ela simplesmente não gosta da polícia ou algo assim, mas tudo que consegui arrancar dela foi que Roger era um irmão dedicado.

— Talvez o relacionamento deles se resumisse a isso. Ela me disse praticamente a mesma coisa.

— Veja bem. Sei que ele é solteiro, assim como eu. Mas tenho fotos de família na minha casa. Algumas delas foi minha mãe ou minha cunhada que me deram. Assim como cartões de Natal e coisas do tipo. E na geladeira tenho desenhos meus como um homem de palito com uma cabeça enorme feitos pela minha sobrinha e meu sobrinho. Eu... representado por um homem de palitos! — Burton olhou com tristeza para o corpo definido.

— Entendo onde você quer chegar. Se Roger ser um irmão tão amoroso, você imaginou encontrar algum tipo de evidência na casa dele que comprovasse isso. Coisas que mostram que ele interagiu com a família e comemorou feriados ao lado deles.

Burton assentiu.

— Gostaria de poder lhe contar mais sobre o relacionamento deles. Embora eu me lembre de ter visto Heather com bastante frequência na biblioteca, não a conheço. E não conhecia Roger. Mas posso lhe dizer que Heather me contou sobre uma pessoa que poderia estar bem irritada com Roger. Aparentemente, uma de suas ex-colegas de trabalho o culpou por não ter conseguido uma promoção. E depois foi demitida ou dispensada ou algo assim, e de alguma forma pensou que ele também era culpado por isso.

Burton pegou um bloco e estava fazendo anotações com uma caligrafia muito elegante. — Lembra o nome dessa mulher?

Pensei por um segundo. — Mary, eu acho. Não consigo lembrar o sobrenome, mas ela trabalha no salão de bronzeamento do shopping.

Burton ergueu as sobrancelhas. — Considerando que sabemos que Roger era conselheiro de investimentos, isso parece uma grande redução no salário. Não admira que ela esteja com raiva. Muito bem, obrigado pela informação. Vou investigar. — Ele bateu o lápis no bloco e disse: — Outra pergunta. Conhece algum Nathan Richardson?

Franzi a testa. — Sim, eu o conheço. Ele está bem?

Burton imediatamente adotou uma postura mais calma. — Tenho certeza que sim. Quero fazer algumas perguntas a ele, apenas isso. Parece que pode ter tido uma briga com a vítima. Parece algo viável?

— De jeito nenhum. Ele foi meu professor de inglês e ainda mantemos contato. Na verdade, eu o visito quase toda semana. Não consigo imaginá-lo brigando com ninguém. Você tem mais alguma informação?

Ele fechou o caderno e disse: — Na verdade não. É apenas algo que preciso checar.

Claramente, aquele foi o fim das perguntas sobre Nathan. Senti um nó no estômago. Eu teria que entrar em contato com ele e descobrir o que estava acontecendo.

Burton olhou para as estantes e observou. Ele se levantou da mesa e foi pegar um livro sobre história militar da Segunda Guerra Mundial, *An Army at Dawn,* de Rick Atkinson.

— Boa escolha — falei, apontando para o livro. — É muito bem escrito.

— É mesmo? — perguntou Burton, folheando o exemplar.

— Ganhou o Prêmio Pulitzer. E faz parte de uma trilogia, então se você gostar da leitura, tem mais dois volumes disponíveis.

Ele assentiu. — Gosto de ler à noite, antes de dormir. Principalmente não-ficção.

— Então está no lugar certo. Tem um cartão da biblioteca?

Burton enrubesceu e deu uma risada estranha. — Não! Achei que ia sair daqui levando isso. Sou um chefe de polícia.

Sorri. — Não há problema em ficar distraído em meio a tantas coisas acontecendo. Farei um cartão para você. Prometo que levará apenas alguns minutos. — Mais uma vez, lembrei de tê-lo julgado como um policial arcaico de cidade pequena do interior e afastei o pensamento. Apesar da aparência, ele era tudo menos isso.

Burton pigarreou enquanto eu emitia o cartão da biblioteca e fazia a retirada do livro: — Sua bibliotecária é bem diferente da maioria dos moradores que vi aqui em Whitby.

— Luna? Ela começou hoje. Não vem a Whitby há algum tempo, mas está na cidade para cuidar da mãe que está doente.

— Então ela está aqui apenas temporariamente? — perguntou com cautela.

— Na verdade não. Pelo menos, não foi o que entendi. Ela é a nova bibliotecária infantil e o cargo não é uma posição temporária.

Fiquei um pouco confusa sobre o interesse de Burton. Será que achava que Luna parecia uma pessoa envolvida no caso? Achava que ela parecia o tipo que causa problemas? Mas então o vi seguindo-a com o olhar enquanto ela caminhava até a sala de informática. Estava interessado em Luna? Interessado de forma romântica? Escondi um sorriso. Eu jamais teria imaginado os dois juntos. Burton parecia a personificação da lei e da ordem e Luna, um espírito livre. Percebi que ele desviou o olhar quando viu que eu o estava observando.

— Obrigado — disse, apressado, agitando o livro no ar. — Vejo você em breve.

Balancei a cabeça de modo distraído, ainda pensando que precisava divulgar a aula. Embora Burton não parecesse se importar com a ideia de dar uma aula com baixa frequência, eu não queria ser a única a aparecer.

Luna caminhou em minha direção, sorrindo: — A propósito, aquele gato laranja é *incrível*. Qual é o plano para ele? Encontrar um lar adotivo?

— Está interessada em ter um gato? — perguntei, esperançosa. — Ou talvez, sua mãe?

Luna riu. — Gostaria de poder levá-lo! Minha mãe adora gatos, mas está ocupada demias com o que tem. Além disso, não é um gato que interage bem com outros. E estou morando com minha mãe. Se não estivesse, adoraria ficar com ele.

— Espero que Wilson mude de ideia sobre mantê-lo aqui. Acho que seria incrível para a biblioteca.

— Qual o problema? — perguntou Luna, intrigada.

— Não acho que ele goste muito de animais. E acho que tem receio que um gato possa causar problemas na biblioteca. De qualquer forma, vou afixar alguns panfletos com foto e ver se conseguimos encontrar um bom lar para ele.

— Aposto que ele vai mudar de ideia. Esse gato é como uma boneca de pano. Vai se aconchegar ao lado dos clientes e reduzir o nível de estresse coletivo. — Ela olhou para fora e viu Burton entrando no carro. — Se não se importa, posso perguntar qual foi o problema com o policial?

Infelizmente, Burton não parecia estar no radar de Luna no sentido romântico. Uma pena.

Respirei fundo para responder a pergunta. — Ontem foi um dia horrível. — Contei a Luna, de forma resumida o que tinha acontecido depois que saí da biblioteca.

Ela deu um assobio baixo. — Esse é o pior encontro de que já ouvi falar. Você está bem?

— Sim, foi apenas um choque. Estou mais preocupada com a família de Roger. E com as pessoas que estão sob suspeita. — Minha mente se voltou para meu ex-professor e falei: — Com licença, preciso dar um telefonema rápido. E você não deveria estar no horário do almoço?

Luna semicerrou os olhos para o relógio de parede e saiu correndo. — Caramba. Te vejo mais tarde.

Entrei no meio das estantes para fazer a ligação. Nathan atendeu de imediato.

— Ann?

— Oi. Estou no trabalho, mas queria falar com você bem rápido. Você já... Conhece Roger Walton?

Houve uma pausa do outro lado da linha e então Nathan respondeu com a voz cansada: — Conheço. E acho que sei por que está me perguntando isso. O chefe de polícia me ligou hoje de manhã e quer falar comigo esta tarde. Fiquei sabendo da morte de Roger. Não tive nada a ver com isso, Ann.

A tensão em sua voz me deu uma pontada no coração. — Claro que não! — me apressei em dizer. — Ninguém seria capaz de pensar que você seria capaz de fazer isso. — Este era o mesmo homem que colocava os alunos para memorizar e recitar o prólogo de *Os Contos de Canterbury* em inglês arcaico. Era impossível que tivesse esfaqueado alguém com um espeto de grelha.

Ele deu uma risada irônica. — Temo que sim, Ann. De qualquer forma, posso mantê-la informada depois de falar com ele. Por que não vem jantar comigo? Por volta das 18h30, se estiver livre.

Aquilo era algo normal para nós. Ele me convidava para jantar em sua casa e eu sempre me oferecia para levar comida chinesa. Não apenas por ser sua comida favorita, mas porque suas refeições desde a morte da esposa se resumiam a pizza e congelados de micro-ondas.

— Perfeito! — concordei, e hesitei por um momento. — Talvez devesse pedir a um advogado para acompanhá-lo. Apenas por precaução.

Nathan disse em tom gentil: — Não tenho nada a esconder. Embora, infelizmente, também não tenha um álibi, já que moro sozinho. A menos que o Sr. Henry possa testemunhar.

Ouvi um latido do pequeno Yorkshire terrier quando Nathan disse seu nome e sorri. — — Vejo vocês às 18h30.

Desliguei e me espreguicei para aliviar a tensão dos ombros. Sempre gostei de Nathan, mesmo quando era estudante. Mas depois que minha tia morreu, há alguns anos, ele se tornou quase meu avô postiço e eu não queria que ele fosse considerado suspeito de uma investigação de assassinato.

Passei os últimos minutos até meu horário de almoço com uma cliente inexperiente em informática que estava tentando pesquisar o tipo específico de câncer da irmã. Consegui obter algumas fontes confiáveis do Instituto Nacional do Câncer e da

Sociedade Americana do Câncer, e imprimi para que ela pudesse ler com calma mais tarde. Em seguida, entrei na sala de convivência para pegar meu almoço e minha bolsa. Normalmente eu almoçava na biblioteca, mas hoje tinha outros planos.

Luna estava saindo da sala enquanto eu entrava e me deu uma piscadela. Olhei confusa para dentro da sala e vi Wilson sentado em uma cadeira com o gato laranja ronronando como um louco em seu colo.

Contive um sorriso e agi como se não fosse uma cena surpreendente.

Wilson perguntou de forma ríspida: — Por que não escolheu um nome para este gato? É ridículo continuar chamando-o de 'gato' ou 'gato laranja'. Isso faz com que eu me sinta com cinco anos de idade.

— Bem, estava tentando evitar me *apegar demais* ao gato. Devido às circunstâncias.

— Que circunstâncias seriam essas? — perguntou Wilson, me olhando carrancudo.

Juro que às vezes ele me fazia sentir como se eu estivesse enlouquecendo. — Que estamos tentando encontrar um bom lar adotivo para ele.

— Não não. Não vamos fazer isso. Este gato será puro ouro em termos de marketing, Ann. Ouro, estou lhe dizendo. — O gato laranja estendeu a pata e bateu a cabeça de forma carinhosa no queixo de Wilson.

Abri a boca e fechei-a novamente. Wilson parecia estar encantado.

— Preciso que descubra o que podemos fazer para ajudar a eliminar o problema da alergia — disse Wilson.

Assenti, tirando meu almoço da geladeira.

— Estou falando sério. Pode fazer isso agora?

Sentei e peguei o celular. — Sim, já estou fazendo. — Poucos minutos depois falei: — Parece que aspirar com filtro HEPA ajuda. Este artigo também menciona a remoção de carpetes e cortinas, mas já fizemos isso. — Wilson havia feito uma reforma há alguns anos e mandou retirar o velho carpete manchado e as cortinas. O resultado final foi um espaço bem iluminado e confortável, apesar de mais barulhento.

— Algo mais?

— Filtros. De acordo com o artigo, filtros nas aberturas de ventilação também são úteis. — Guardei o celular e comecei a caminhar até a porta, com o almoço.

Aparentemente, Wilson ainda estava perdido em seu próprio mundo. Mundo esse que girava em torno dos felinos. — E quanto ao nome? Ele precisa de um nome.

— Que tal pedir ajuda aos clientes quando eu voltar do almoço? — perguntei, olhando para a porta.

Wilson estalou os dedos. — Um concurso! Faremos um concurso! Vamos colocar cartazes na biblioteca e postar nas redes sociais. É tudo uma questão de engajamento, Ann. Precisamos manter a comunidade *engajada*.

— É uma excelente ideia, Wilson. Vou providenciar tudo agora mesmo.

Corri para sair da sala e soltei um suspiro de alívio. Quando Wilson se envolvia em um projeto, não havia como prever a minha lista de tarefas. E agora, eu precisava fazer outra coisa. Queria conhecer Mary, a ex-colega de trabalho de Roger. Sabia que ela também estava na lista de pessoas que Burton pretendia interrogar, mas a minha conversa seria mais casual. Não queria que Mary suspeitasse de nada. Entrei no carro e dei algumas mordidas no sanduíche de queijo apimentado.

Capítulo Seis

Whitby não era uma cidade grande, então eu sabia exatamente onde ficava o salão de bronzeamento, apesar de nunca ter estado lá. Ficava em um quarteirão de lojas antigas que não era exatamente a parte mais bonita da cidade. Whitby parecia algo saído de um catálogo da Câmara de Comércio: prédios antigos cuidadosamente preservados, uma pitoresca praça com uma estátua histórica de um homem de óculos agitando os braços e uma ampla avenida principal repleta de lojas e belas casas antigas.

No caminho, consegui comer a maior parte do sanduiche. De qualquer forma, eu estava acostumada a comer rápido, já que às vezes outros funcionários da biblioteca precisavam da minha ajuda e sempre interrompiam meu horário de almoço. Além disso, não era exatamente o tipo de almoço ideal, onde saboreamos a refeição com calma. Estacionei em frente ao salão de bronzeamento, chamado de forma pouco criativa de 'Suntastic' e entrei.

Havia apenas uma funcionária e eu esperava que fosse Mary Hughes. Era uma mulher baixa, de cerca de cinquenta anos, um pouco robusta e exibia um belo bronzeado. De repente, percebi o quão pálida eu devia estar, se fosse comparada à mulher. O cabelo loiro parecia tingido e os olhos castanhos, entediados. As unhas precisavam de retoques.

— Posso ajudar? — perguntou a mulher, com uma voz que parecia tão entediada quanto sua expressão.

— Olá. Queria algumas informações sobre bronzeamento. E a tabela de preços.

A mulher pegou um folheto. — Aqui estão todos os serviços que oferecemos. Se tiver alguma outra dúvida, pode me ligar. Estou sempre aqui.

Vi que ela escreveu *Mary* no folheto e circulou o número do telefone do salão.

— Obrigada — agradeci e hesitei por um momento, não esperando que a conversa fosse tão rápida.

Mary deu de ombros e parecia estar tentando despertar meu interesse: — Está pensando em se bronzear para uma ocasião especial ou apenas algo causal? Temos pacotes de descontos se quiser fazer mais de uma sessão. — Ela olhou para minha pele. — Vai precisar ter muito cuidado para não se queimar demais. Parece que você não tem passado muito tempo sob o sol.

— Nenhuma festa, casamento ou algo do tipo. Estava pensando em fazer algumas mudanças no visual e isso é algo que tenho em mente há algum tempo — menti. Se havia uma coisa que definitivamente eu *não* estava interessada era em bronzeamento. Quando criança, percebi que alguém com cabelo escuro, olhos azuis e pele de porcelana não ficava *bronzeada* de verdade, apenas nos queimávamos até ficar crocante. — Tive um dia meio perturbador ontem e isso me fez repensar minhas prioridades.

Esperava que o comentário não parecesse ridículo. E por sorte, não aconteceu, pois Mary demonstrou o primeiro sinal de interesse.

— O que aconteceu? — perguntou, inclinando a cabeça para o lado, mas logo pareceu se lembrar de se comportar de modo profissional. — Isto é, se não se importar em falar sobre o assunto. Às vezes, falar sobre algo que está nos incomodando torna tudo mais fácil — continuou, de forma persuasiva.

Pela minha experiência trabalhando com o público durante anos, Mary parecia ser o tipo que gostava de fofocas. Jurei ter visto suas pupilas se dilatarem com a perspectiva de ouvir algo que poderia ser escandaloso. Baixei a voz, como se houvesse mais alguém no salão, e disse: — Tive um encontro às cegas que deu muito errado. Quero dizer, encontros às cegas já são difíceis de qualquer modo, não acha? Mas este foi o pior de todos. Cheguei na casa dele no horário em que deveríamos nos encontrar e ele não atendeu a porta. Senti o cheiro da churrasqueira, então dei a volta na lateral da casa para ver se ele estava no quintal dos fundos e foi quando o encontrei. Morto.

Mary recuou surpresa. — Roger Walton.

— Você o conhecia? E ficou sabendo da morte dele?

— Sim — respondeu e se apressou em dizer: — Minha colega de trabalho me ligou ontem à noite, bem tarde. Trabalhamos juntos e ela ligou para me avisar. — May estreitou os olhos. — Antes que eu diga qualquer coisa, *você* o conhecia? Você disse que era um encontro às cegas, certo? Então nem chegou a conhecê-lo? Não o encontrou?

Neguei com a cabeça.

Mary assentiu. — Entendi. Bom, a verdade é que eu não gostava muito dele. Acho que você teve sorte em escapar do encontro. Ah, qual é mesmo o seu nome?

— Ann Beckett.

— Teve sorte em escapar, Ann — disse Mary, com uma risada curta.

— Vocês estavam em um relacionamento? — perguntei, pois não podia demonstrar que sabia a conexão entre os dois.

Mary balançou a cabeça, enfática. — De jeito nenhum. De qualquer forma, sou muito mais velha do que ele. Trabalhamos juntos. Não aqui no salão de bronzeamento, óbvio. Foi quando trabalhei como consultora de investimentos. Aposto que não imaginava que sou um gênio em ações e títulos, não é? — Seu tom de voz era amargo, mas também demonstrava tristeza.

— Então vocês eram colegas de trabalho?

— Sim. No começo parecia que estava tudo bem. Ele era amigo e divertido, mas também meio preguiçoso. Eu trabalhava duro e quando olhava, ele estava ao telefone em uma ligação pessoal ou apenas arrumando papéis na mesa. Não acho que dedicasse muito tempo à empresa. E também não achei que fosse tão bom com investimentos, como eu. Mas, no fim das contas, eu estava na empresa há bem mais tempo do que ele.

— Pelo visto ele não era um bom colega de trabalho.

Mary deu de ombros. — Nem tanto. Até que um dos gestores se aposentou e a empresa ofereceu uma promoção. Eu *sabia* que conseguiria o cargo. Não havia como *não* conseguir. Eu trabalhava mais horas do que Roger, estava na empresa há muito mais tempo, era responsável e mais capacitada para o trabalho. Mas soube que Roger teve uma reunião secreta e de porta fechadas com nosso chefe. E acabou recebendo a promoção! O cara tinha um excelente poder de persuasão.

— Então você acha que ele estava bajulando o chefe? Para conseguir a promoção?

— Em parte sim, mas principalmente porque ele estava *me* sabotando. Acho que inventou alguma mentira sobre minha competência, para que eu não conseguisse o cargo de gerente. — Uma veia pulsou na lateral da testa de Mary, com a lembrança.

— Isso deve tê-la deixado furiosa.

— Fiquei furiosa mesmo. Trabalhei muito e finalmente tive a oportunidade de crescer. Não é uma empresa grande, mas é respeitada o suficiente para atrair pessoas de outras cidades. E os funcionários costumam permanecer muito tempo lá, então não houve nenhuma chance de promoção até os gerentes se aposentarem.

— Você acha que teria conseguido o cargo de gerente se Roger não os tivesse persuadido a não lhe darem o cargo?

— Sem dúvida.

— Foi por isso que se demitiu? Ficou tão aborrecida com a empresa que decidiu trabalhar em outro lugar? — perguntei, curiosa. Porque parecia algo estranho de se fazer. Não teria sido melhor simplesmente esquecer tudo e permanecer no emprego, ganhando um salário melhor do que no salão?

Mary deu de ombros novamente, não parecendo ansiosa para justificar as razões por trás da mudança de emprego. — Digamos apenas que desejei sair tanto quanto fui forçada a sair.

— Ainda assim, acho que você ficaria furiosa. Você disse que estava furiosa antes e eu não acho que o tempo a faria esquecer o que aconteceu.

— Minha mãe sempre disse para deixar o passado no passado. E consegui esquecer o que aconteceu.

Havia um brilho em seus olhos que me fez pensar que talvez ela não estivesse tão tranquila com a interferência de Roger em sua promoção quanto parecia.

Decidi mudar de assunto: — A polícia não parecia ter muitas informações sobre o que aconteceu. Também não vi nada que pudesse ajudá-los. Gostaria de ter feito isso. — Fiz uma pausa, esperando que Mary me desse algumas informações.

Mas ela imediatamente balançou a cabeça. — Eu também não vi nada. Estava trabalhando no turno da noite. As pessoas gostam de vir depois do trabalho, por isso quase sempre estou aqui nesse horário.

— Acho que estou muito curiosa porque era para eu ter saído com o cara. Não posso deixar de me perguntar o que aconteceu com ele e por que o mataram.

— Entendi. É a natureza humana. Você está curiosa. Mas vamos ao que interessa, Roger era infeliz. Como disse, você teve sorte de escapar. Na minha opinião, Roger era uma pessoa ardilosa. É assim que imagino como o primeiro encontro teria sido: ele a teria encantado até a morte feito uma serpente.

Aquilo não era o que eu esperava que ela dissesse. — Sério?

— Sim. Ele era bom nisso. Teria iniciado uma conversa interessante e contado uma série de histórias legais sobre a vida dele. Talvez até inventadas, mas serviriam ao propósito de impressionar. E teria tentado te enfeitiçar.

— E depois? — perguntei, curiosa apesar de tudo. Particularmente não gostei de como Mary presumiu que eu poderia ser facilmente envolvida.

— Então, mais tarde, depois que o relacionamento estivesse estabelecido, o verdadeiro Roger começaria a escapar pelas frestas. O cara que era ambicioso, ganancioso, egocêntrico e irresponsável e não apoiava a família. Tudo girava em torno dele.

Assenti com a cabeça, esperando que ela continuasse reclamando de Roger porque eu estava descobrindo mais informações a respeito dele, ou melhor, o ponto de vista dela. — O que estava dizendo sobre a família dele? Sei que ele tinha uma irmã.

Mary revirou os olhos. — Ah, ele não era bom com a família. A irmã não o suportava.

— É mesmo? — Não foi a impressão que Heather passou quando se referiu a Roger como um irmão afetuoso.

— Sim. Não sei todos os detalhes, apenas que discutiam aos gritos no telefone. Ele sempre saía da sala porque a conversa ao telefone ficava saía dos limites. Então não, ele não era afetuoso.

— Acha que alguém da família pode ser o responsável pelo assassinato?

Mary ergueu a mão. — Como disse, não sei todos os detalhes, só que ele não se dava bem com alguns membros da família. Não estou dizendo que queriam matá-lo. Se alguém quisesse matá-lo, eu apostaria meu dinheiro em um único homem.

Nesse exato momento, o sino da porta tilintou e uma mulher entrou para a sessão de bronzeamento. Mary a registrou e a levou para os fundos enquanto eu esperava impacientemente que ela voltasse e me dissesse quem ela achava que poderia estar furioso o suficiente a ponto de matar Roger. Sem mencionar que meu horário de almoço estava acabando.

Mary voltou e franziu a testa. — O que eu estava dizendo?

— Que apostaria dinheiro em alguém que poderia ter assassinado Roger. Um homem.

Mary estalou os dedos. — Isso mesmo. Um investidor que seguiu o conselho de Roger. Ele sabia quando recomendar investimentos, mas, como disse, não era muito bom no trabalho.

— Então ele recomendou alguns investimentos que não tiveram bom rendimento?

— Exatamente. Roger sempre fazia a coisa parecer a melhor do que de fato era. Tenho que admitir que ele era um ótimo vendedor, ou talvez apenas um bom ator. Começava falando sobre algo que sabia que era bom demais para ser verdade, e óbviamente, mais tarde acabariam descobrindo que era mesmo bom *demais* para ser verdade. Roger fingia que estava fazendo um favor ao cliente.

— Como eram esses investimentos?

Mary deu de ombros. — De medíocre a terrível. Mas você precisa entender que a maioria das pessoas nunca verifica seus investimentos. Podem estar tendo prejuízo e presos a todos os tipos de taxas altas e não têm conhecimento porque nunca se importam em checar. De qualquer forma, esse cara mais velho era diferente. Astuto. Ele seguiu o conselho de Roger e perdeu muito dinheiro. Aparentemente, investiu grande parte da economias da aposentadoria nesses investimentos e já não era mais tão jovem.

— Mas essa não é a natureza do investimento? — perguntei, intrigada. Além de alguns investimentos insignificantes para a aposentadoria, eu não estava exatamente jogando no mercado de ações. — Não acha que há algum risco envolvido?

— Claro, mas às vezes há mais riscos envolvidos. E geralmente você escolhe investimentos menos arriscados quando está mais perto da idade de se aposentar. E Roger *sempre* exagerava em tudo com que lidava, fazendo tudo parecer bom demais para deixar passar. Esse cara deveria ter sido aconselhado a investir o dinheiro em algo seguro, e não em algum esquema arriscado de retorno rápido.

— Você se lembra quem era o investidor?

— Normalmente não daríamos esse tipo de informação, já que assuntos relacionados a finanças são confidenciais, mas vendo como fui enganada na empresa, posso dizer que o investidor era Nathan Richardson.

Meu coração afundou. Esperava que o *investidor mais velho* fosse outra pessoa, e não o meu ex-professor.

— Você o conhece? — perguntou Mary, os olhos estreitados.

— Sim. Pobre homem. não sabia que isso tinha acontecido com ele — respondi lentamente.

— Estranho, pois o cara fala sobre isso com quase todo mundo — disse Mary, em tom seco. — Durante um tempo ele ameaçou processar a empresa. Não teria ido longe, é claro, considerando que investimentos envolvem um certo risco.

— Estou um pouco surpresa que a empresa não tenha demitido Roger por causa de algo assim. Parece que ele foi bastante imprudente na forma como aconselhou Nathan.

Mary deu de ombros. — É isso que estou dizendo. Roger poderia escapar impune de assassinato. O alto escalão da empresa provavelmente desconsiderou as reclamações do homem.

— Não deveriam ter feito isso. Nathan é inteligente e persuasivo.

— Bem, mas obviamente fizeram. E Roger conseguiu evitar qualquer tipo de reprimenda deturpando o que o clinete alegou.

A porta se abriu outra vez e Mary me lançou um olhar impaciente.

Ergui o folheto: — Obrigada mais uma vez pela informação... e pela conversa.

Mary não respondeu pois já estava atendendo com a cliente.

Capítulo Sete

A biblioteca estava movimentada quando voltei. Verifiquei Luna, que me deu um sinal positivo na seção infantil, onde estava aconselhando uma mãe que queria encontrar livros semelhantes à série Harry Potter. Eu podia ouvir a voz animada de Luna enquanto comparava *Percy Jackson e os Olimpianos* e a série *Aprendiz de Ranger* com os livros de Harry Potter.

Ainda restavam alguns minutos antes de voltar ao trabalho, então fui para a sala de convivência checar o gato laranja e terminar meu sanduíche. Assim que abri a porta, ele fez um barulho e ficou de pé para se aninhar nas minhas pernas.

Sentei no chão e ele subiu no meu colo, batendo a cabeça no meu pescoço. — Que fofo — disse, acariciando-o sob o pescoço. — Vamos pensar em um belo nome para não precisarmos continuar chamando-o de gato laranja.

O gato jogou a cabeça para trás e me encarou com seus lindos olhos verdes. Era quase como se soubesse o que eu estava dizendo. Nos minutos seguintes senti meu nível de estresse despencar, realmente era o gato mais doce do mundo. Então, fiz um último carinho e me levantei para terminar o almoço. Ele me observou atentamente enquanto eu comia as uvas. Olhei na sacola de suprimentos que a mãe da hora da história havia trazido, peguei um saco de guloseimas para gatos e lhe dei alguns petiscos.

Lembrei do pedido de Wilson para criar um concurso de nomes de gatos e tirei algumas fotos do gato laranja que agora estava deitado de costas e sorrindo preguiçosamente para o celular. Escolhi a melhor foto, fiz um panfleto no computador da sala de convivência, imprimi várias cópias e espalhei por toda a biblioteca para anunciar o concurso 'escolha um nome para o gato'. E também postei em todas as redes sociais da biblioteca.

Então pensei em usar o gato para anunciar a aula de autodefesa. Não que uma coisa tivesse relação com a outra, mas uma foto bonitinha poderia alcançar mais clientes nas redes sociais. Tirei outra foto do gato, que agora estava cochilando, roncando de leve, e coloquei as informações da aula com um cabeçalho dizendo: *"Não seja pego cochilando! Aprenda técnicas de autodefesa na próxima segunda-feira com o novo xerife de Whitby!"* Fiz uma careta para o anúncio brega, mas talvez conseguisse algumas inscrições, afinal de contas, o gato era adorável.

Assim que voltei ao trabalho, ajudei uma cliente a encontrar informações genealógicas sobre sua família e ela ficou satisfeita ao descobrir quanta informação estava disponível online (e de graça). Em seguida, outra cliente me pediu para ajudá-la a criar um novo endereço de e-mail porque o antigo estava repleto de spam. Mostrei a ela como enviar um e-mail coletivo para que todos os contatos soubessem sobre a mudança de endereço de e-mail. Guardei alguns livros nas estantes, separei os que haviam sido solicitados e conversei com algumas pessoas que estavam pensando em nomes para o gato. Até o momento, estávamos repletos de Kitty, Max, Milo, Tigger e Felix. Era uma ótima ideia ser um concurso e não uma votação. O gato laranja bem-comportado não seria do tipo que se importaria com o nome, mas eu esperava algo mais original.

Finalmente, houve um momento de tranquilidade enquanto todos se concentravam nos livros, periódicos ou no computador. Luna se aproximou.

— Tudo bem? — perguntei. Na minha opinião, os primeiros dias sempre foram estressantes, mas Luna parecia tão confortável como se tivesse estado a vida inteira na Biblioteca Whitby.

— Sim, tudo ótimo. Adoro os clientes. Os pais têm sido fantásticos e as crianças, uns amores. Eu me senti tão bem ao ajudá-los a encontrar uma nova série ou livros ilustrados e a biblioteca tem uma coleção incrível, como você havia dito. Estou ansiosa pela hora da história esta tarde.

— Que bom. Alguma pergunta?

Ela sorriu. — Na verdade, tenho sim. Qual é a situação do gato laranja? Vi que ele e Wilson pareciam muito à vontade um com o outro na sala de convivência.

— Ao que tudo indica, agora temos um gato de biblioteca — respondi, retribuindo o sorriso.

Luna deu um gritinho. — Eu sabia! Vi um dos panfletos e pensei que seria horrível se tivéssemos que entregá-lo depois de darmos um nome para ele. Isso é incrível! Esse gato pode conquistar qualquer pessoa.

— Agora só precisamos de um nome.

Luna perguntou: — Soube de alguma notícia enquanto estava almoçando? Sobre o seu suposto encontro?

— Você ficou muito tempo longe de Whitby. Não temos esse tipo de cobertura de notícias aqui. Com certeza sairá no jornal, mas não vai passar no rádio, na TV ou em qualquer outro meio de comunicação.

— Ah, sim. Perguntei por curiosidade. — Luna fez uma careta.

Olhei ao redor, e como não havia ninguém ao alcance da voz ou precisando de ajuda, falei: — Mas fui ao salão onde trabalha Mary, a ex-colega de trabalho de Roger.

Luna arregalou os olhos. — Descobriu alguma coisa?

É óbvio que estava aborrecida com Roger. Admitiu ter certeza que ele havia manipulado a diretoria para excluí-la de uma promoção, embora fosse um pouco mais cautelosa sobre como acabou indo parar no salão de bronzeamento. E disse também que estava trabalhando na hora em que Roger teria sido assassinado, então suponho que tenha um álibi.

— Bem, é isso que ela vai dizer. Mas, honestamente, quem notaria se ela saísse por alguns minutos para matá-lo? Não é como se o salão de bronzeamento tivesse fila na porta, não acha?

Considerei o comentário. — É verdade. O salão fica bem perto da casa de Roger, caso ela estivesse disposta a cortar caminho por alguma propriedade privada para chegar até lá. A questão é... porque agora? Na minha opinião, se você estivesse com raiva por ter perdido a promoção, cometeria um assassinato logo após ser dispensada. Acho que já se passaram algumas semanas ou até um mês. Mary já está até bronzeada. Por que não se vingar de Roger logo depois de ter perdido o emprego?

Luna deu de ombros. — Talvez tenha demorado a cair a ficha, como uma ferida que não cicatriza. Ou talvez agora a demissão esteja de fato a incomodando. Quem sabe, tenha desenvolvido um problema de saúde e o seguro atual não tenha cobertura. Ou talvez esteja apenas infeliz no trabalho e com raiva por não ser mais uma consultora de investimentos.

— Ou talvez tenha pensado que se livrar de Roger logo depois de ser demitida a tornaria uma suspeita óbvia demais.

— Lá vai você de novo! Suas deduções estão corretas, Nancy Drew.

— Preciso informar o chefe da polícia.

Luna deu de ombros. — Com certeza. Mas ele não vai dar algum tipo de aula de autodefesa aqui na segunda-feira? Vi o anúncio no feed das redes sociais. Então, você poderia simplesmente conversar com ele. Algo casual como: Então, quem é o próximo suspeito? Conseguiu alguma pista sobre mais alguém que teve uma discussão com Roger?

Hesitei por um momento e falei: — Mary disse que um homem estava furioso com Roger por causa de um péssimo investimento. Aparentemente, ele perdeu muito dinheiro.

— Ela disse quem era esse homem?

— Sim, e eu o conheço. É meu amigo. Foi um dos meus professores na universidade. Não há absolutamente nenhuma chance de ele ter feito isso. Nunca demonstrou temperamento agressivo. E nem mesmo levantou a voz em sala de aula. Era um professor incrível e sempre foi muito paciente e gentil. É um daqueles tipos de pessoas que sempre tem um brilho no olhar.

— Entendi, mas manter a calma em sala de aula e manter a calma após uma transação financeira ruim são coisas bem diferentes. Você sabe como as pessoas podem agir quando se trata de dinheiro. Ninguém quer ter prejuízo.

— Não pode ter sido ele. Parece que Roger era o tipo que irrita muitas pessoas.

Luna se inclinou para frente: — Sabia que a maioria dos assassinatos é cometida por alguém que a vítima conhecia? Ou algum familiar. Como é a família desse cara?

— Tive a oportunidade de conversar um pouco com a irmã. Parece que tinham um bom relacionamento.

— É óbvio que ela vai dizer isso. Mas qual a sua impressão?

Pensei por um momento. — Honestamente, senti que não estava ouvindo a história toda. E para um irmão tão dedicado, o chefe de polícia achou estranho não ter fotos de Heather ou do sobrinho na casa.

— Faz sentido. Agora, mudando de assunto, o que você faz em Whitby quando *não* está na biblioteca? Preciso de algumas dicas. Estou passando bastante tempo em casa com minha mãe agora, mas quero fazer planos para quando ela se recuperar.

Bufei. — Quando *não* estou na biblioteca? É uma pergunta capciosa?

— Ah, pare com isso! Você é jovem e atraente. E parece divertida. Precisa fazer mais com seu tempo do que trabalhar, ler e encontrar cadáveres — disse Luna, em tom seco.

Respirei fundo e tentei pensar. — Sim, eu faço algumas coisas, mas não atividades normais para uma pessoa de trinta e poucos anos. Costumo correr às vezes, embora não tenha feito muito isso ultimamente. Gosto de fazer caminhadas nas trilhas da Blue Ridge Parkway. E de vez em quando participo do teatro local, eles têm uma companhia amadora muito divertida. E alimento o comedouro de pássaros no parque às quintas-feiras.

Parei de falar quando Luna me olhou horrorizada e disse: — Precisa encontrar coisas divertidas para fazer, Ann.

Ouvi alguém chamando meu nome e quando me virei, vi Emily, a tia-avó de Roger, caminhando em minha direção. Estava angustiada e tinha lágrimas nos olhos.

— É melhor eu voltar ao trabalho. Conversamos mais tarde — disse Luna.

Dei um abraço rápido em Emily, que se agarrou a mim como se sua vida dependesse disso. — Ah, Ann! — gemeu.

— Como a senhora está? — perguntei, me afastando para observá-la. — Vamos sentar e conversar.

Nos sentamos nas poltronas aconchegantes perto da lareira e dos periódicos. Fiquei feliz por Emily ter concordado em se sentar. Seja pelas lágrimas ou pela angústia, seu andar era instável. A última coisa que eu precisava era ter que lidar com outra situação de emergência.

Emily tentou se recompor, piscando e secando os olhos com um lenço rasgado. Então, suspirou e disse: — Como eu estava tentando dizer, sinto muito pelo que você passou ontem à noite, Ann! Deve ter sido horrível. Imaginando que teria uma noite divertida e... — Ela deu um longo e trêmulo suspiro. — Estou me sentindo péssima por tê-la colocado nessa situação! Jamais deveria ter tentado juntar vocês dois. É que tenho muito tempo livre e poucas coisas para fazer.

— Não se preocupe comigo — disse, lhe apertando a mão. — Prometo que estou bem. Foi uma noite horrível, mas não consigo imaginar como a senhora deve estar se sentindo, tendo que lidar com a morte do seu sobrinho. Deve ter sido um choque terrível.

Emily assentiu com uma expressão exausta no rosto. — E foi mesmo. Acho que só agora estou assimilando a notícia. Não consegui acreditar que Roger havia partido e de forma tão violenta. É assustador. Heather me ligou para me contar o que tinha acontecido.

— Sim, vi Heather ontem à noite na casa de Roger e senti muito por ela.

— E não parece haver nenhuma pista que nos ajude a entender o que aconteceu — disse Emily, com tristeza. — Parece que o assassino desapareceu no ar. É tão injusto com Roger. Ele apenas começando a vida. E pobre Heather, deve ter sido um choque enorme para ela. Embora, Heather seja uma rocha, é uma pessoa incrível e tão organizada. Acho que ela mantém as emoções sob controle, mas uma hora essas emoções afloram e a pegam de surpresa.

Assenti com a cabeça. — Eu também sou assim, às vezes. Não há problema em esconder os sentimentos, mas um dia a barragem rompe quando menos esperamos.

Emily suspirou. — Ela é uma moça muito boa. Cuidou da mãe durante anos, enquanto sofria de câncer. Não sei como conseguiu, tendo um emprego e um bebê. Tentei ajudá-la quando pude, mas a verdade é que simplesmente não tinha estrutura para lidar com a situação. Então, a radioterapia e quimioterapia pareciam estar dando resultados! Ficamos muito gratos e agora ela está em remissão. Que Deus a abençoe. A casa com jardim se tornou demais para ela, então Heather encontrou uma boa casa de apoio. Foi um trabalho e tanto. Heather a ajudou a arrumar as coisas e fez uma venda de garagem para o restante dos pertences. — Emily suspirou outra vez. — Se ao menos ela tivesse tido alguma ajuda, como Roger ter levado a mãe para as sessões de quimioterapia e coisas do tipo.

— Talvez ele estivesse muito ocupado com o trabalho?

Emily aparentemente não era do tipo de pessoa que falava mal dos mortos. — Tenho certeza que ele queria ajudar, mas você sabe como são alguns homens.

Não quando se tratava de não ajudar em uma emergência familiar. Mas concordei com a cabeça para encorajá-la a continuar falando.

— Roger aparecia de vez em quando. Ele sempre fazia a mãe rir e isso a mantinha animada por um tempo, mas acho vê-la daquele jeito o incomodava.

Balancei a cabeça outra vez, embora estivesse ficando cada vez mais aliviada por não ter tido aquele encontro com Roger. Tenho certeza de que Heather também ficou perturbada ao ver a mãe doente, mas foi capaz de superar e ajudá-la.

Emily continuou como se precisasse inventar mais desculpas para o comportamento negligente de Roger. — Ele também estava lidando com muitas coisas no escritório na época em que a mãe adoeceu. Algum tipo de desentendimento com uma colega de trabalho sobre a qual ele falava muito. Aparentemente, era um problema e o escritório fez bem para se livrar dela. — Emily fez uma pausa. — Tenho certeza de que ele ajudou até certo ponto. Provavelmente aconselhou Heather sobre os aspectos comerciais da venda. Ele era maravilhoso nos negócios. É uma pena que tenha sido tirado de nós tão cedo.

Roger estava morto há menos de vinte e quatro horas e eu ainda não tinha ouvido ninguém dizer coisas maravilhosas a seu respeito. Até mesmo a tia-avó, estava lutando para encontrar algo além de 'maravilhoso nos negócios'.

Emily parecia tão cansada e desanimada que eu quis tentar distraí-la por pelo menos mais alguns minutos. Era cliente regular desde muito antes de eu começar a trabalhar na biblioteca, estava sempre feliz e me fazia sorrir.

— Mais uma vez, sinto muito por Roger. Sei que a polícia está trabalhando para descobrir quem é o responsável por isso.

Ela estendeu o braço e apertou minha mão. — Obrigada. Você me acalmou, Ann. — Ela riu. — E prometo não marcar outro encontro para você. Meus dias de cupido acabaram. Preciso descobrir outra maneira de passar o tempo. Talvez jogar paciência? Palavras cruzadas?

Pensei por um segundo e perguntei: — Acho que a senhora mora na minha vizinhança, não?

Emily assentiu e eu continuei: — É apenas uma ideia, mas a presidente da associação de moradores está procurando voluntários para ajudar no conselho. A senhora conhece Zelda Smith?

— Mais ou menos — respondeu ela, sorrindo.

— A Sra. Smith está implorando para que eu aceite, mas não tenho tempo. Estou com muito trabalho na biblioteca. Não acho que seria algo muito *divertido*, mas a senhora mencionou que estava procurando algo para se ocupar.

— Você é um amor. Na verdade, é exatamente o tipo de coisa que eu deveria fazer. Acho que Zelda desistiu de me pedir depois de tantos anos. Mas agora eu realmente *preciso* fazer algo assim. Obrigada, Ann. Entrarei em contato com ela. — Emily estendeu a mão e deu um tapinha no meu braço.

— Mudando de assunto, posso distraí-la por mais alguns minutos? A senhora ainda não conheceu nosso novo membro da equipe.

— Ah, a nova bibliotecária infantil? Eu a vi brevemente quando entrei. — Pela expressão de Emily, percebi que ela não teve uma primeira impressão muito satisfatória.

— Luna? Ela é ótima. Vou apresentá-la à senhora, mas eu estava me referindo ao nosso integrante felino... ainda sem nome. Talvez a senhora também possa participar do nosso concurso. — Entreguei a ela um dos panfletos que estavam em uma mesa próxima. — Na verdade, muitas pessoas já estão participando do concurso, mas espero conseguir nomes melhores. — Percebi que a pilha de papéis no balcão de circulação onde os clientes colocavam seus votos havia aumentado desde a última vez que verifiquei.

Emily arregalou os olhos. Aparentemente, eu acertei quando a considerei como uma pessoa que gosta de gatos. — Um gato? Aqui? Na biblioteca? Que maravilha!

— É um lindo gato laranja. Pelo que ouvi dizer, era um dos gatos de Elsie Brennon.

— Ah, coitadinha. Fiquei muito triste ao saber do acidente de carro. E surpresa! Elsie sempre dirigia a 30km por hora — disse Emily, com tristeza. — Tenho certeza de que ela ficaria muito feliz em saber que seus gatos estão bem. Ela dava muita importância aos bichinhos, sabe. Eram quase como crianças e ela sempre me mostrava as fotos.

— A senhora se lembra de como eram os gatos?

— Um gato laranja e branco e um gato malhado. — respondeu Emily, de imediato. — Mas não sei os nomes. Que bom que estão fazendo um concurso. Não que seja garatido que os gatos respondam pelos nomes, a menos que tenham vontade própria.

— Pela descrição, parecem os gatos que resgatamos. O malhado já está em um lar temporário e deve ser adotado. O laranja teve um dia tão difícil ontem que o deixei ficar na sala de convivência. A veterinária me pediu para mantê-lo em repouso, mas estou pensando que uma mudança na rotina pode ser bom para a recuperação dele. Gostaria de levar um livro ou uma revista para a sala histórica? Não acho que ele esteja pronto para ficar solto pela biblioteca hoje, mas gostaria de ver como se comporta com a senhora em outra sala.

Emily sorriu. — Adoraria!

Quando entrei na pequena sala repleta de fotos antigas, cartas, livros e outros artefatos de Whitby, Emily estava sentada em uma enorme poltrona folheando uma revista de culinária. Seus olhos se arregalaram ao ver o gato laranja ronronando em meus braços.

Coloquei o peludo no chão, que imediatamente apoiou as duas patas no assento da poltrona, como se pedisse permissão para pular e se juntar à Emily. Que gato fazia *isso*? O gato que minha tia-avó teve anos atrás, pisava no meu laptop e passava por cima de mim sem nenhum escrúpulo. Na verdade, parecia se divertir com a minha indignação quando pisava no teclado e digitava sobre qualquer documento em que eu estivesse trabalhando.

Emily fez um gesto para o gato, que pulou no mesmo instante, batendo a cabeça na mão dela e esfregando o focinho antes de se sentar em seu colo com um ronronar de satisfação. Em poucos minutos estava cochilando.

— Acho que ele está pronto para conhecer os clientes da biblioteca. Estou falando sério, Ann, que coisa mais fofa.

O gato até então havia conquistado todos que o viam. — Farei uma tentativa amanhã. Hoje deveria ser um dia mais calmo para ele, mas não tenho certeza se ficaria sobrecarregado com o salão cheio de gente. Depois do horário de funcionamento, vou deixá-lo explorar o resto da biblioteca quando estiver vazia e eu ainda estiver por perto para supervisionar.

— Ainda estão tentando encontrar um nome para ele? Com o concurso?

— Luna e eu vamos analisar as sugestões mais tarde e analisar qual parece ser a mais adequada. — Embora o concurso parecesse bom para o envolvimento os clientes se conscientizarem sobre a presença do gato, senti que precisávamos dignificar o peludo com um nome o mais rápido possível. Aquele não era um concurso para deixar em aberto por semanas. — A senhora tem alguma ideia?

Emily acariciou suavemente o pelo alaranjado do gato, que ronronou mais alto e continuou dormindo. — Não seria divertido lhe dar um nome literário? Caso ele seja mesmo um gato de biblioteca? Posso estar com uma vantagem injusta sobre as pessoas que estão participando do concurso porque o conheci, mas Fitzgerald me parece um ótimo nome. Como F. Scott, famoso por *Gatsby*, é claro. Acho que ele gosta da boa vida.

Sorri. — Já percebi. Ele é definitivamente a versão felina do personagem, considerando que foi resgatado de um bueiro.

— Fitz, para abreviar — disse Emily, acariciando o queixo do gato, que voltou a ronronar.

— É um bom nome — admiti. — Vou anotar e ver como se compara às outras sugestões. Por ser aberto a todos os clientes, incluindo crianças, receberemos nossa cota de 'Fluffies'. Nada contra o *Fluffy*, é claro — acrescentei, uma vez que não sabia quais eram os nomes dos gatos de Emily.

— Ele gosta mesmo da boa vida — repetiu Emily. — Veja como está feliz. Não acho que terão problemas. É muito improvável que tente fugir.

— Essa era outra das minhas preocupações. A última coisa que quero é decidirmos adotá-lo para em seguida o vermos desaparecer quando um cliente entrar ou sair da biblioteca.

— Não acho que ele seja do tipo que fica rondando a porta em busca de uma oportunidade para fugir.

— A senhora é nossa especialista em gatos — disse com um sorriso. — Obrigada, Emily.

— Eu que agradeço. Isto já valeu meu dia. Vou ficar mais alguns minutos aqui lendo a minha revista.

— Quando quiser ir embora, basta me mandar uma mensagem que o levarei de volta para a sala de convivência — disse, lhe entregando o número do meu celular.

Capítulo Oito

Passei a hora seguinte ajudando um usuário com uma referência desafiadora, enquanto era constantemente interrompida por problemas com a retirada em autoatendimento, registrando os usuários nos computadores e mostrando a biblioteca a um novo voluntário. Também fiz alguns panfletos sobre a aula de autodefesa com o chefe de polícia e coloquei outro lembrete em nossas redes sociais.

Àquela altura, Emily estava pronta para ir embora. Peguei o animal lânguido, ainda sonolento e ronronando, me despedi de Emily e o coloquei o de volta em segurança na sala de convivência.

Luna entrou na sala de convivência e se abaixou para observar a felicidade do gato com a atenção contínua.

— Está tudo bem com aquela senhora? Parece triste — perguntou Luna, olhando de soslaio.

— Sim. É a tia de Roger e foi ela quem marcou o nosso encontro. Ela gostava muito do sobrinho, mas parece que nosso gato a animou. Ele tem um efeito calmante.

Luna assentiu e abriu a geladeira, tirando o que parecia ser uma salada assustadoramente rica em fibras e um pão de mel com cobertura branca. — Andei olhando as sugestões de nomes on-line e na biblioteca. E não parece estar dando muito resultado.

— Olhei faz pouco tempo e vi bastante sugestões.

— Sim, mas *viu* os nomes? — Luna riu. — Ainda não há nada interessante que remeta a um gato de biblioteca.

— Tão ruins assim?

— Embora o sexo do gato esteja especificado, ainda parece haver algumas dúvidas. Até o momento temos Tinkerbell, Molly e Bella. Os outros são bem genéricos: Tiger, Morris, Leo.

— Nada de opções literárias? — perguntei, fazendo uma careta, que também poderia ser para a salada.

— Nenhuma que eu tenha visto. A menos que queira considerar Tinkerbell.

— Na verdade, não demos tempo suficiente para as pessoas sugerirem nomes. Geralmente é bom estender o prazo para a nossa comunidade se envolver mais, mas a verdade é que esse gatinho merece uma identidade e já devia estar aprendendo a se familiarizar com o nome. Emily, a tia de Roger, sugeriu Fitz, abreviação de Fitzgerald.

Luna assentiu, inclinando a cabeça para analisar o gato. — Consigo imaginá-lo como Fitz. E gosto mais desse do que de alguns nomes literários masculinos em que estava pensando, como Hemingway, Tom Sawyer, Queequeg ou Kafka.

Resisti a fazer outra careta para Queequeg e Kafka. — Pensei que Heathcliff seria fofo, mas os clássicos meio que assumiram o controle, não?

— Parece a melhor opção até agora.

— Vou falar com Wilson quando tiver oportunidade, mas tive a impressão de que ele não se importa tanto com o nome, desde que seja logo escolhido. — Olhei para o meu relógio. O intervalo havia acabado, mas percebi que Luna tinha passado a maior parte do primeiro dia de trabalho sozinha e que Wilson, embora fosse um bom chefe em muitos aspectos, provavelmente não tinha pensado em dar lhe dar muita atenção. Foi um tributo à aura de tranquilidade e confiança de Luna eu ter percebido isso. — Como está indo o primeiro dia de trabalho até agora? O que está achando da biblioteca?

— Está tudo perfeito, juro. Agradeço a atenção, mas você já me perguntou isso antes.

— Só quero ter certeza de que ainda se sente bem na biblioteca ao final do expediente. Odiaria que ficasse assustada no primeiro dia.

— Não se preocupe. É uma sensação boa, aconchegante e segura. É o tipo de lugar onde as famílias vêm todos os sábados para pegar livros, revistas e músicas para seus filhos. As pessoas são simpáticas, educadas e sempre tem trabalho a fazer. Como é possível não gostar?

Assenti com a cabeça, me sentindo um pouco aliviada. Após o caos dos últimos meses com a saída abrupta de CeCe Appleberry, a bibliotecária infantil, foi bom ter esse sentimento imediato de que Luna havia encontrado um bom lugar para trabalhar, mas não vou dizer que fui a melhor substituta ou que o trabalho extra não foi difícil de conciliar.

— Que ótimo, Luna. Por favor, me avise se tiver alguma dúvida ou problema. Agora preciso ir, meu intervalo acabou.

— Pode deixar. E queria agradecer mais uma vez por assumir a hora da história esta manhã. Sinto muito pelo atraso. Pensei em trabalhar até mais tarde hoje à noite para compensar.

Neguei com a cabeça. — Não há necessidade, Luna. Wilson com certeza não espera que você faça isso. E não costuma ter muita gente aqui no sábado à noite.

— Eu sei, mas me sinto mal. E logo no primeiro dia de trabalho! Tenho um pacote de lenços umedecidos antibacterianos no carro e pensei em limpar todos os brinquedos da seção infantil. E talvez as capas do livro de jogos de tabuleiro. Quem sabe que tipos de germes podem estar escondidos nessas coisas? — completou, com um sorriso torto.

— Luna, você deveria ir para casa cuidar da sua mãe. Não se preocupe com isso.

— Já avisei a ela e uma senhora da igreja vai visitá-la e levar o jantar, então eu ficaria apenas observando as duas conversarem sobre tricô e quilting. Acho que será divertido fazer uma pequena limpeza. Há algo realmente satisfatório nessa tarefa. E você? Tem algum plano para esta noite? — perguntou, trocando a salada grotesca pelo pão de mel glaceado.

— Vou jantar com um velho amigo.

— Um encontro? — Luna ergueu a sobrancelha.

Fiz uma careta. — Não acho que terei encontros por um bom tempo. Será apenas comida para viagem com meu antigo professor universitário. Quero saber como foi a conversa dele com Burton.

DEPOIS DO TRABALHO, comprei o jantar e fui até a casa de Nathan, uma casa térrea de tijolos com um lindo jardim. Embora estivesse aposentado, ele decidiu se manter na comunidade. Fazia longas caminhadas com o Sr. Henry, seu adorável Yorkshire terrier, parando para conversar com os vizinhos ao longo do caminho, visitava a biblioteca com regularidade, participava de algumas aulas e estava envolvido com a igreja.

Nathan sorriu quando abriu a porta, o cabelo branco, como sempre, levemente despenteado. Porém, hoje havia um cansaço em seus olhos, o que não era comum. O pequenino Sr. Henry olhou ao redor, latindo bravamente para mim. — Que bom vê-la, Ann! Onde prefere sentar? Aqui ou no jardim?

Sabendo que o jardim era uma mini reserva natural, escolhi sem hesitar. Ele tirou a sacola com a comida das minhas mãos, pegou algumas garrafas de água na geladeira e conduziu a mim e o alegre Sr. Henry até o pátio dos fundos. Sentamos em uma pequena mesa com vista para arbustos floridos de azáleas, magnólias em miniatura e vários comedouros para pássaros. O Sr. Henry me observou com interesse com seus brilhantes olhinhos e abriu um sorriso canino.

Enquanto comíamos, Nathan falou sobre o que estava fazendo: o clube do livro ao qual havia se juntado e que agora liderava, as palavras-cruzadas que vinha devorando desde que descobriu o quanto gostava de criptogramas e o fato de ter feito uma amiga na igreja, e que estava gostando de conhecê-la. Parecia determinado a não mencionar Roger Walton ou o chefe de polícia enquanto jantávamos.

Quando estávamos quase terminando a refeição, Nathan disse: — Agora, suponho que devo lhe contar como foi minha tarde. — Ele hesitou por um momento e continuou: — Primeiro, me diga como você acabou se envolvendo com Roger.

Capítulo Nove

Na verdade, nunca tive a oportunidade de conhecer Roger. Tem uma cliente na biblioteca chamada Emily... — comecei a explicar.

Nathan interveio: — Uma senhora idosa? Emily Walton?

Sorri. — Isso mesmo. Às vezes esqueço quantas pessoas você conhece aqui em Whitby. Acho que você pode contextualizar tudo melhor do que eu, tentando lhe explicar os fatos.

Nathan se recostou na cadeira, esquecendo por um momento a comida chinesa enquanto pensava. — É uma senhora simpática. Um pouco intrometida. Participamos de um comitê na Igreja Presbiteriana. Foi um evento sobre a história da igreja em seu sesquicentenário, trazendo também todos a história de Whitby, é claro, já que as coisas estariam interligadas. Ela queria, digamos, ser *útil*, mas não foi de grande ajuda.

— Como ela tentou ajudar?

Nathan voltou a atenção para a caixa de comida, mexendo um pouco o macarrão e os brócolis com o garfo de plástico. — Ah, de início, normal, se envolvendo com o projeto em que estávamos trabalhando. Mas foi além disso e começamos a conversar sobre nossas aposentadorias. Emily não é de fato aposentada, mas ficou com os investimentos do falecido marido e tem uma renda fixa, assim como eu. Então começou a falar sobre o sobrinho brilhante e o quanto ele a ajudou a aumentar seu capital. — Sua voz assumiu um tom nitidamente amargo no final. O Sr. Henry se aconchegou em sua perna e ele se abaixou para acariciar o animal.

— Burton é um sujeito interessante — continuou, de modo casual.

— Sim, tive a mesma impressão. Acho que vai se adaptar bem aqui porque está se esforçando bastante para se destacar na comunidade.

Nathan deu um breve sorriso. — É óbvio que eu não tinha a menor ideia do que ele estava fazendo aqui. Causou bastante comoção na rua. Todos os vizinhos ficaram boquiabertos quando viram que ele estava vindo em direção à minha porta.

— Deve ter sido constrangedor. Acho que você pode dizer a todos que era sobre a necessidade de atualizar o registro da placa do seu carro ou algo semelhante.

— Está brincando? — perguntou Nathan, com um brilho nos olhos. — Fui o centro das atenções. Estou surpreso por não ter uma multidão na minha porta fazendo perguntas até agora. As senhoras idosas acharam que tudo parecia sombrio demais.

O cansaço que notei em seus olhos quando cheguei, agora estava evidente ao redor dos lábios. Ele estava mais preocupado do que deixava transparecer.

— Por você estar sendo interrogado como parte de uma investigação de assassinato?

— Exatamente. — A palavra *assassinato* fez com que sua expressão se tornasse rígida. — E sinto muito que você também tenha sido interrogada. Imagino que gostariam de se certificar de que seu relacionamento com Roger não teve relação com a morte dele.

— Acontece que nem *tínhamos* um relacionamento. E quanto mais descubro sobre Roger Walton, mais feliz fico pelo encontro não ter acontecido. Mas as perguntas iniciais foram para apurar esse fato. — Contei de forma resumida sobre como cheguei à casa, a conversa com Burton e com a irmã de Roger.

Quando terminei, hesitei antes de perguntar: — O que Burton disse? Teve a sensação de que você poderia ser um suspeito?

Nathan respondeu em tom seco: — Ah, tenho *a* sensação de que posso ser um suspeito. O policial falou com outros funcionários da empresa de investimentos e parece que mencionaram o meu nome. — Ele suspirou.

— Fico satisfeito por você não ter tido aquele primeiro encontro ou qualquer outro contato com ele, porque tive a impressão que Roger não era uma boa pessoa. Mas você é inteligente e teria chegado a essa conclusão depois de passar alguns minutos com o homem.

— Poderia me explicar o que aconteceu com você? Tenho uma ideia, mas seria útil saber os detalhes.

Nathan suspirou, o olhar fixo no jardim. — Emily, a tia-avó de Roger, me recomendou a consultá-lo sobre os investimentos. Ou ela é a líder de torcida da família ou é ingênua o suficiente para pensar que todos são incríveis e talentosos nos negócios.

Contive um sorriso. — Mas você disse que ele investiu o dinheiro dela com sucesso.

Natha fez um gesto com as mãos: — Será? Talvez ele tenha feito um investimento de baixo risco ou algo semelhante. Uma coisa é certa, o cara era muito confiante e bastante persuasivo. Analisando a situação agora, não consigo acreditar que caí nesse golpe.

— Então na verdade a empresa não é uma fraude? — perguntei, dando uma mordida no meu rolinho de ovo.

Ele negou com a cabeça. — Ah, não! Não no sentido literal. Ele não estava colocando o meu dinheiro em algum esquema de pirâmide ou algo parecido, mas não era a melhor opção, considerando que tenho renda fixa. Minha idade também deveria ter sido um fator a ser considerado. E agora, pensando em tudo o que aconteceu, ele parecia um homem muito esperto. O tipo de pessoa em quem eu *não* confiaria.

Terminei de comer o arroz frito e afastei a comida. — Entendo o que quer dizer. Também não costumo me deixar enganar por esses tipos.

— Tive alunos assim. Costumavam usar o charme de forma ofensiva no final do semestre para ver se conseguiam algum crédito extra ou aumentar as notas após passarem o sementre inteiro brincando ou faltarem às aulas.

Sorri pois sabia qual teria sido a resposta de Nathan para *esse* tipo de comportamento.

— Tudo isso me fez perceber que havia alguma coisa acontecendo em segundo plano. Talvez Roger estivesse recebendo propinas dos grupos em que investiu meu dinheiro. Enfim, isso destruiu minhas finanças e não tenho mais reservas. — Ele se inclinou para frente, colocando a mão na mesa com seriedade. — Não quero passar a impressão de que sou pobre ou coisas do tipo, mas seria muito conveniente se eu tivesse algum tipo de problema de saúde e precisasse me mudar para uma casa de repouso.

Nathan parecia querer se recompor um pouco enquanto seu temperamento esquentava pensando em toda a situação. Recolhi as embalagens, coloquei nas sacolas de comida e joguei no lixo da alegre cozinha amarela enquanto ele se acalmava.

Quando voltei alguns minutos depois, ele estava com o mesmo comportamento tranquilo e atencioso de sempre. E com o Sr. Henry feliz e sentado em seu colo.

— Resumindo, perdi o dinheiro. Uma boa quantia, e muito rápido. Então fui procurá-lo para ver o que poderia ser feito.

Assenti com a cabeça. — E tentar mudar para um investimento melhor ou minimizar as perdas?

— As duas coisas. Afinal, não sou professor de administração e meus diplomas de inglês não me ajudariam nessa situação. E, na época, acho que estava bem orientado em relação ao investimento. — Ele fez uma pausa, avaliando a afirmação e deu uma risada curta. — Tudo bem, talvez não, mas não era como se eu estivesse indo ao escritório de investimentos de Roger Walton para executá-lo ou mesmo demiti-lo. Estava com raiva, ansioso e queria dizer a ele tudo o que estava se passando na minha cabeça.

— E fez isso?

Nathan se afastou da mesa circular em que estávamos sentados e o segui até as cadeiras de balanço almofadadas que estavam a poucos metros de distância. Eram muito mais confortáveis e lembrei que ele ficava rígido se permanecesse muito tempo sentado no mesmo lugar.

— Sim, eu disse a ele o que pensava, e mais um pouco — admitiu. — O problema é que, embora eu tenha decidido apenas repreendê-lo e depois tentar outros investimentos para compensar as perdas, ele se recusou a assumir qualquer culpa.

Me balancei suavemente. Conseguia me ver adormecendo com facilidade naquela coisa. — Estou bancando a advogada do diabo aqui... — Hesitei, tentando encontrar as palavras certas.

Nathan me olhou de soslaio. — Sei o que está prestes a dizer e você está certa. Um consultor de investimentos não é tecnicamente culpado pelo resultado de um investimento. O investidor deve estar ciente que não há garantias, e o fato é que pode perder dinheiro ou lucrar. Mas acho que houve circunstâncias atenuantes aqui. Roger não me disse exatamente quão arriscado era o investimento e não alertou que poderia não ser o mais apropriado para a minha renda. Para ser justo, também não perguntei. Fui adiante por pura ganância — acrescentou, em tom seco.

— Você queria apenas um simples pedido de desculpas.

— Queria *meu* dinheiro de volta, mas isso obviamente não estava nos planos. E que Roger reconhecesse que estragou tudo ao me indicar um mau investimento. E talvez uma declaração informando os riscos e que investir é o mesmo que comprar um bilhete de loteria ou jogar... e que poderia ser extremamente perigoso em termos de perdas financeirras. — Ele fez uma pausa e suspirou. — Posso ter sido um pouco irracional.

— E ele ofereceu algum pedido de desculpas? Demonstrou algum arrependimento? Conforto? — Àquela altura, eu estava começando a gostar cada vez menos de Roger. Talvez esse episódio me convencesse a ficar ainda mais sem vontade de namorar, considerando o último encontro ruim que tive, há mais de um ano.

— Nenhum. E agiu de modo bem arrogante. Apenas deu de ombros e disse que era a natureza do investimento. Além disso, estava tentando se livrar de mim o mais rápido possível. Devia estar esperando algum investidor em potencial com mais dinheiro. — Ele olhou pensativo para o jardim enquanto nos balançávamos. — Conversei com o chefe dele e fiz uma reclamação.

— E adiantou alguma coisa?

Nathan deu de ombros. — Duvido. Devem ter mencionado a ele, mas não deram muita importância naquele momento. E, da minha parte, quanto mais eu pensava sobre o assunto, mais irritado ficava.

— Isso foi há pouco tempo, não foi? Quero dizer, o ex-funcionário que mencionou seu nome nem trabalha mais para a empresa de investimentos. Não foi como se tivesse acontecido na semana passada. Por que a polícia pensaria que você de repente decidiu assassinar seu consultor de investimentos?

Nathan ficou pensativo por alguns segundos e respondeu com um suspiro: — Porque faz pouco tempo que discutimos em público.

— Ah. Então faz sentido. E 'em público' para uma cidade como Whitby significa que *todos* sabem o que aconteceu. Estou surpresa que não tenha saído na primeira página do jornal.

— Apenas porque foi um dia de grandes notícias para o jornal. Estavam cobrindo a competição de pesca local. Não posso dizer que não fico envergonhado. Não me lembro de ter me comportado dessa forma antes. A verdade é que fiquei acordado durante muito tempo na noite passada, preocupado com dinheiro. É uma maneira horrível de passar a noite, e se nunca fez isso, e espero que nunca faça.

— Então você passou a ter insônia quando viu Roger pela cidade?

— Sim. Estava almoçando na delicatessen e ele estava lá. Rosnei para ele e até lhe dei um pequeno empurrão quando ele pareceu estar rindo de mim. Era o horário mais movimentado do dia e todos estavam lá nos observando. Provavelmente é por isso que o chefe da polícia está suspeitando de mim. Não apenas os colegas de trabalho de Roger lhe disseram que eu estava aborrecido por causa do investimento, mas os funcionários da delicatessen também devem ter contado a ele sobre meu confronto com Roger.

Nathan parecia preocupado e tenho certeza que a minha expressão demonstrava o mesmo. Isso não era nada bom. — A polícia perguntou onde você estava ontem à noite?

— Não estariam fazendo o trabalho deles se não tivessem perguntado — respondeu ele em voz baixa. — Infelizmente, não tenho um álibi maravilhoso. Estava fora ontem à noite. E poderia ter feito isso. Sou forte o suficiente, embora a polícia tenha dito que não seria necessária tanta força para matá-lo.

O simples fato de lembrar do espeto me fez estremecer e balancei a cabeça. — Não acho que o considerariam fraco demais para cometer o crime. — Nos balançamos por mais alguns momentos e perguntei: — Faz ideia de quem poderia querer matar Roger?

— Além de mim? — perguntou com ironia. — Não. A única pessoa que eu conhecia que tinha ligação com Roger era sua tia-avó, que vivia lhe tecendo elogios e arranjando clientes e encontros às cegas! Eu não conhecia Roger muito bem e fiquei feliz em continuar assim — completou, acariciando o Sr. Henry atrás das orelhas e depois me lançou um olhar de soslaio. — Ann, sei que não vai querer ouvir o que vou dizer. E odeio parecer aquelas pessoas tentando lhe dar conselhos sobre namoro.

Suspirei e assenti com a cabeça. — Acho que sei o que está por vir.

— Você se enterrou na biblioteca. Não é bom para uma jovem. Você está disperdiçando o pouco tempo livre que tem com velhos como eu.

— E não consigo pensar em nada melhor para fazer.

Sua expressão ficou séria quando disse: — Ann, só estou dizendo que talvez você devesse parar de fugir. Tente superar esse medo da intimidade. Não estou falando apenas de relacionamento romântico, mas talvez fazer outras amizades, além de mim.

Respirei fundo. O problema é que Nathan me conhecia bem demais e sabia da minha dificuldade em me aproximar das pessoas. E sabia o motivo.

— Bem, isso é tudo o que tenho a dizer — continuou ele, erguendo as mãos. — Sei que não é da minha conta, mas me importo com você como se fosse minha filha. Agora vamos falar de outras coisas. Por que não me conta algo bom? O que está acontecendo em um dos meus lugares favoritos no mundo?

Sorri, aliviada com a mudança de assunto. — A Biblioteca Whitby? Existem *várias* coisas boas acontecendo por lá. Vou lhe contar sobre alguns programas que estamos planejando, mas primeiro devo contar a história do nosso novo morador.

— Morador? Na biblioteca? — Suas sobrancelhas brancas se ergueram como se fossem molas.

— Isso mesmo. E o nome dele, embora ainda esteja sendo escolhido, *talvez* seja Fitz.

Capítulo Dez

Vamos chamá-lo de Fitz — decidiu Wilson na manhã seguinte, antes de abrirmos a biblioteca. A biblioteca abria ao meio-dia aos domingos e já havia algumas pessoas reunidas do lado de fora. O diretor estava olhando a votação nas redes sociais e as sugestões deixadas no balcão com uma expressão satisfeita no rosto. — Isso foi ótimo para o envolvimento da comunidade. Não lembro da última vez que nossas contas de mídia social estiveram tão movimentadas.

— Então será Fitz. Não vi nenhum nome que parecesse combinar tão bem com ele. Além disso, falei com meu ex-professor de inglês ontem à noite. Se nem *ele* conseguiu pensar em algo melhor, estamos no caminho certo.

Wilson e eu olhamos para Fitz, que passou a noite inteira solto na biblioteca, já que no dia anterior havia se mostrado um especialista em utilizar a caixa de areia. O zelador conseguiu fazer uma porta para gatos no armário de limpeza e Fitz aprendeu a usá-la durante a noite. Cheguei mais cedo, por volta sas 11h para ter certeza de que não havia nenhum dano. Encontrei-o dormindo em uma mesa, ao lado de uma fileira de livros de Rosamunde Pilcher. Não havia evidências de afiação de garras, 'acidentes' ou qualquer tipo de destruição. E aproveitei para passar o aspirador antes de conversar com Wilson.

— Fitz parece um cara descontraído — comentou Wilson. O gato abriu um olho e o examinou antes de fechá-lo novamente. Wilson inclinou a cabeça para o lado. — Então... vamos deixá-lo solto na biblioteca hoje. Ele sabe onde fica a caixa de areia. Se houver alguma reclamação, peça aos clientes para falarem comigo.

— Vou levá-lo para a sala de convivência na hora do almoço. Talvez seja bom passar um tempo longe do movimento da biblioteca e das pessoas.

Embora isso não parecesse uma preocupação. O amor de Fitz pelas pessoas já estava bem documentado.

Wilson lançou um olhar severo para Fitz. Eu conhecia bem o suficiente para saber que era uma expressão de reflexão profunda e análise de uma situação específica, mas as pessoas que não o conhecessem, diriam que ele estava muito irritado com alguma coisa. Então ele disse: — A última coisa que precisamos é que aconteça alguma coisa com esse gato, uma vez que o público se apegue a ele. Deus permita que não seja fuja e seja atropelado quando a biblioteca estiver cheia de clientes observando.

Olhamos mais uma vez para Fitz, que rolou de costas e abriu os olhos novamente para Wilson.

— Não parece provável — falei.

— A propósito, como foram as coisas com Luna ontem à tarde?

Sorri. — Ela se adaptou muito bem. Não fez muitas perguntas, tomou iniciativa, se apresentou aos clientes. E todas as crianças pareceram amá-la. Acho que pensaram que era uma espécie de fada com aquelas roupas coloridas e o cabelo roxo.

Wilson parecia orgulhoso. Ele gostava de ouvir quando fazia um bom trabalho. — Sim. Achei que ela se adaptaria bem. — Em seguida, me olhou de soslaio. — As aparências enganam, sabe. Em uma biblioteca, sabemos que não devemos julgar um livro pela capa.

— Entendo perfeitamente o que quer dizer. Confesso que no início, não tinha certeza do que pensar a respeito de Luna. Ela tem uma aparência durona de quem vive na cidade grande, mas é tão doce quanto Fitz.

Wilson ergueu as sobrancelhas. — Considerando que Fitz sobreviveu a uma enchente na sarjeta, acho que isso reflete o nível de coragem dos dois. A única coisa que me preocupa é que ela não seja *pontual* — completou, olhando o relógio.

Contive um sorriso. Wilson sempre me fazia lembra do Coelho Branco de *Alice no País das Maravilhas* quando começava com seus discursos de pontualidade. Costumava ficar parado, olhando para seu enorme relógio, preocupado.

— Sabemos que está cuidando da mãe e tenho a sensação de que as manhãs são difíceis. De qualquer forma, estou sempre aqui para cobri-la, caso ela chegue cinco ou dez minutos atrasada.

Wilson piscou ao ouvir *dez minutos*, mas parecia tranquilo.

Felizmente, Luna chegou vários minutos antes da biblioteca abrir ao público. Além de contar uma história empolgante que fez as mães aplaudirem no final. Na saída, mostrou a todas as crianças como acariciar Fitz, caso quisessem conhecê-lo. Fitz não demonstrou muito interesse pela hora da história e permaneceu aninhado sobre uma exposição de livros de Junie B. Jones. Ele deu pequenos miados para as crianças e as conquistou de imediato.

Um pouco mais tarde, eu estava fazendo uma pesquisa quando um de nossos clientes regulares se aproximou com um olhar preocupado. Era Sadie Stewart, uma mulher de trinta e poucos anos, de cabelos castanhos que ultimamente vivia com uma expressão exausta no rosto. Ela estava com sua filha pequena, Lynn, que piscou sonolenta para mim.

— Está tudo bem? — Era uma pergunta que poderia levar um cliente a questionamentos a respeito da pesquisa de um problema de saúde específico ou relatar que os banheiros estavam com algum problema.

— Era isso que eu queria *lhe* perguntar. Soube o que aconteceu com o seu encontro.

Olhei-a com tristeza. Esse era o problema de morar em uma cidade pequena. — Tenho certeza de que a maioria dos moradores de Whitby já sabe o que aconteceu.

Sadie assentiu e pareceu intrigada. — Às vezes as pessoas sabem das coisas, outras vezes não. E não tenho certeza se você sabia que eu estava em um relacionamento com Roger.

Fiquei boquiaberta. — Não sabia. Sinto muito! Você estava namorando Roger quando combinamos nosso encontro? Que coisa horrível. — Olhei ao redor para ter certeza de que não havia um bando de moradores da cidade participando da nossa conversa, mas todos pareciam entretidos. Ainda bem. A última coisa que eu precisava era que começasse um boato de que eu era uma espécie de destruidora de lares.

— Não, não! — Ela se apressou em dizer. — Roger terminou nosso relacionamento. Não estou aqui para aborrecê-la, castigá-la ou algo do tipo. Apenas me senti mal por você ter que encontrá-lo morto. E talvez quisesse saber mais detalhes sobre o que aconteceu.

— O término é recente?

Sadie balançou a cabeça. — Não. Na verdade, fazia muito tempo que já não estávamos bem. E talvez eu não tivesse *aceitado* que o relacionamento havia acabado. Tínhamos uma história juntos, nem sempre foi um mar de rosas. Mas no geral era boa o suficiente para eu pensar que valeria a pena tentar fazer dar certo.

Ela acomodou a filha na mesa de modo que a criança pudesse alcançar Fitz, que estava esparramado tirando uma soneca. Certifiquei-me de que a menina não fosse o tipo que gostava de agarrar demais os animais, mas ela era gentil e Fitz parecia feliz.

— Sinto muito — repeti. — Jamais teria concordado em sair com Roger se imaginasse que ele estava em um relacionamento. Como pode ver, eu nem o conhecia. Um de seus parentes marcou um encontro às cegas.

Enquanto observávamos a menina, me ocorreu que ela poderia ser filha de Roger. Sadie percebeu meu olhar e sorriu: — Ela parece com ele, não acha?

— Honestamente, não cheguei a conhecê-lo, então não sei dizer. Ela é filha de Roger? — perguntei. Fui pega de surpresa. Por alguma razão, presumi que Roger não tinha um passado romântico. Talvez fosse conveniente pensar dessa forma quando se tratava de namoro. Mas aqui estava uma mulher que eu conhecia há anos e que tinha um relacionamento bastante íntimo com Roger.

— Roger não era bom em lidar com responsabilidades. Talvez estivesse apenas em negação. Chegou a me ajudar algumas vezes, mas eu queria que ele se envolvesse mais. Queria mais *apoio* — disse ela, com uma risada curta. — Não apenas dinheiro. Eu também queria apoio emocional. E apoio do pai. É difícil ser mãe solteira e às vezes sinto que não estou fazendo um bom trabalho — continuou, parecendo cansada. — Embora minha mãe me ajude bastante. Não sei o que faria sem ela.

— Você está fazendo um *ótimo* trabalho — disse, em tom firme. — Vejo o quanto se dedica à sua filha. Sempre retira livros de histórias para dormir e músicas infantis. Está sempre presente na hora da história. Tudo o que faz é pensando na educação de sua filha.

Sadie se animou. — Obrigada. Às vezes é fácil perder a perspectiva. Vejo o que outros pais estão fazendo e como estou trabalhando com um orçamento muito apertado, não posso realizar todas as atividades extras como os outros pais. Obrigada por me fazer sentir que estou no caminho certo.

— Você disse que queria saber mais sobre como encontrei o corpo de Roger. — Contei de forma resumida e menos dramática possível.

Sadie ouviu com atenção e depois ficou em silêncio por alguns momentos. — Deve ter sido horrível, mas parece que ele não sofreu. Teve essa impressão?

— Acho que sim. E talvez ele nem estivesse ciente do que estava por vir. Pode ter sido pego totalmente desprevenido por quem fez isso. Devia estar distraído preparando o jantar.

— Então a polícia está pensando que foi alguém que ele conhecia?

— Por um lado, um crime cometido por um estranho é algo bastante improvável em Whitby. *Desconhecidos* são improváveis em Whitby. Um assassino itinerante não é uma hipótese que a polícia vai seguir.

Sadie pigarreou. — Para sua informação, eu estava buscando Lynn na creche quando isso aconteceu. Não que eu quisesse matar Roger, apesar de todos os problemas que ele me causou. Embora eu tenha uma ideia de quem poderia querer matá-lo.

Fiquei calada, torcendo para que Sadie continuasse a falar e por sorte, foi o que aconteceu.

— Eu colocaria Heather no topo da lista.

Esperei um momento para que Sadie explicasse por que a irmã de Roger iria querer matá-lo. Vimos a pequena Lynn rir quando Fitz tocou a mão dela com a pata.

Sadie suspirou. — Sei que não deveria comentar, mas Heather e Roger não eram muito próximos. Heather passava a maior parte do tempo aborrecida com o irmão.

— Por quê? — perguntei, embora tivesse a sensação de que tinha algo a ver com a mãe deles.

— Por não fazer o que deveria fazer. Por não ajudar. — Sadie deu uma risada curta. — Acho que não percebi na época, mas Heather e eu tivemos exatamente os mesmos problemas com Roger. Ficamos aborrecidas por ele não assumir nenhuma responsabilidade pela família. E não apenas por não ajudar financeiramente e não passar tempo com a mãe, mas também disse que cuidaria da mãe por um tempo para que Heather pudesse fazer algumas tarefas e não apareceria. Isso aconteceu diversas vezes. — Sadie fez uma careta. — Você deve estar ouvindo essas coisas e se perguntando por que diabos eu queria voltar com ele. Sei que estou fazendo parecer que Roger não era confiável, e acho que não era mesmo, mas quando estávamos juntos, tínhamos algo especial. E ele nem sempre era tão insensível. Era capaz de gestos incrivelmente românticos.

E aparentemente esse era o problema com Roger. Ele era o tipo de cara bom em atitudes e péssimo nos compromissos diários.

Sadie olhou para o relógio. — Preciso ir. Obrigada pela conversa. Estou alividada, porque pelo menos parece que Roger não sofreu. — Em seguida, pegou Lynn no colo e disse: — Amei o gato! Qual o nome dele?

— Decidimos chamá-lo de Fitz. Abreviação de Fitzgerald.

Sadie sorriu. — Um grande gato merece um nome à altura.

O dia ficou bem agitado depois que as duas foram embora. Agitado o suficiente para eu esquecer que era hora de fazer uma pausa. Fui até a sala de convivência para comer algumas amêndoas que trouxe de casa para me dar energia.

Quando abri a porta, congelei. Luna estava chorando, com a cabeça enterrada no pelo de Fitz.

Ela ergueu a cabeça e enxugou os olhos com a manga da blusa. Peguei alguns lenços de papel da caixa do outro lado da sala e entreguei a ela.

— Obrigada — ageadeceu, com a voz abafada.

Peguei as amêndoas, tentando lhe dar tempo para se recompor ou deixá-la chorar mais, se fosse o caso. Pensei que talvez seria melhor levar meu lanche de volta para o balcão de circulação quando ela disse: — Ei, me desculpe, Ann. Deve estar pensando que sou uma boba.

Neguei com a cabeça. — De jeito nenhum. Você está sob muito estresse. Acabou de voltar para uma cidade que não via há... o quê? Vinte anos ou mais?

Luna assentiu com tristeza.

Continuei enumerando os fatos: — Está morando com sua mãe, cuidando da sua mãe e começando um novo trabalho. É muita coisa acontecendo ao mesmo tempo, Luna. E mesmo assim, desde que te conheci, você tem sido otimista e manteve um sorriso no rosto o tempo todo. Não está sendo boba. De forma alguma.

Luna me deu um sorriso de agradecimento e depois assoou o nariz com força. — Obrigada. Tem sido muito mais difícil do que pensei que seria. Normalmente, consigo lidar com as coisas sem problemas. Sempre tive uma personalidade meio despreocupada. Mas isso? Está sendo muito difícil. — Ela hesitou por um segundo: — Acho que, além dos problemas de saúde, minha mãe está um pouco deprimida. Tudo começou quando ela fez uma cirurgia no joelho e me pediu para voltar para casa. Fiquei surpresa, mas o que eu poderia dizer? Desde a cirurgia, ela não tem sido a mesma. Fiquei feliz quando uma amiga veio visitá-la ontem à noite, como mencionei.

— E como foi?

Ela deu de ombros. — Parecia que estava tudo bem. Ainda estavam conversando quando cheguei em casa e mamãe parecia a mesma de antes: alegre e divertida. E então, meia hora depois que a amiga foi embora, mamãe voltou a ficar desanimada. Metade do tempo tento convencê-la a fazer os exercícios de fisioterapia e na outra metade, convencê-la a sair da cama e trocar de roupa. Parte de mim acha que eu deveria ficar em casa lhe fazendo companhia, mas ela não parece feliz quando eu fico, além disso, precisamos do dinheiro do meu trabalho. — Luna deu de ombros outra vez e depois riu. — Acho que quando não tenho certeza do que fazer, a resposta é 'chorar'.

— Não conheço sua mãe, Luna. Talvez eu a tenha conhecido, mas deve ter sido há muito tempo. Será que ela gostaria de passar parte do dia na biblioteca? Poderia trazê-la de vez em quando. Acha que estar perto de outras pessoas pode fazer bem a ela?

Luna considerou por um momento. — Para ser sincera, não tenho certeza se ela sairia de casa. Já tentei convencê-la a sair para jantar fora, mas ela simplesmente não quer. Mas acho que não custa tentar.

— A questão é que ela poderia ficar em sozinha e ainda assim estar cercada por outras pessoas. Você poderia trazê-la ou levá-la de volta para casa na hora do almoço. Tenho uma reunião do clube de cinema dentro de alguns dias. Talvez ela goste.

Luna enxugou os olhos novamente, uma expressão esperança no rosto. — Pode ser. Sei que ela gosta de filmes antigos. Obrigada, Ann.

E de repente, sem mais nem menos, ela encerrou a conversa e iniciou outro assunto.

— Ontem fui ao lugar que você me recomendou. O restaurante vegano a alguns quarteirões. Eles fazem um sanduíche incrível de tempê com cobertura de abacate que mudou a minha vida. De qualquer forma, me ajudou a espairecer um pouco. E como bônus, acho que tenho uma pista para você. Sei que está tentando inocentar seu amigo professor — disse, sorrindo.

— Uma pista? Da delicatessen vegana?

— Foi antes. Mas primeiro, quero saber se você pode me mostrar uma foto de Roger.

Capítulo Onze

Embora eu não tivesse uma foto, Roger estava no Google, considerando que a empresa de investimentos tinha fotos de todos os consultores nas redes sociais. Mostrei a ela a foto no meu celular.

Luna observou com os olhos semicerrados e depois assentiu.

— Sim. É ele.

— Você o conhecia? Ou o conheceu?

— Nem uma coisa, nem outra. Mas com certeza o ouvi discutindo com alguém não muito antes do assassinato.

— É mesmo? E onde foi isso?

— Ah, eu estava almoçando em uma delicatessen, outra diferente da que você me indicou. O engraçado é que foi meio irônico porque eu estava refletindo sobre estar tendo um dia agradável e tranquilo e como Whitby era uma cidade pacífica. Em seguida ouvi a discussão em vozes sibilantes.

— Quem era a outra pessoa? Você conhecia?

— Minha resposta normalmente seria não, já que voltei para a cidade faz pouco tempo, mas esse cara é o médico da minha mãe. Ou *um* de seus médicos, pelo menos. O nome dele é Kenneth Driscoll. Na casa dos quarenta, bonitão, estilo médico de seriados de televisão. E parece bem arrogante.

— Sei exatamente de quem está falando. É considerado o melhor médico de família da cidade.

— Bem, isso é um alívio, pois minha mãe precisa de acompanhamento e eu odiaria fazê-la mudar de médico, já que ela gosta muito dele. Mas achei que o cara agia como se fosse muito cheio de si. Acho que ela gosta dele porque é alto, moreno e bonito. — Luna de ombros. — Não sei. Talvez eu esteja sendo crítica demais. Ele é paciente e carinhoso com minha mãe, e nem sempre vemos esse comportamento nos médicos.

— Então os viu fazendo o quê? Esperando na fila e discutindo?

— Não, isso é que achei estranho. Parecia que estavam comendo juntos e eu não teria imaginado os dois como amigos, considerando o que me contou sobre Roger e o pouco que conheço do bom médico.

Pensei naquilo por um minuto. — Talvez Roger o estivesse orientando sobre investimentos? Ou talvez também tenha lhe indicado péssimos investimentos, como fez com meu professor universitário.

— Quem sabe? Tenho certeza de que o médico tem dinheiro para investir. Gostaria de ter ouvido mais da conversa. Tudo o que sei é que *definitivamente* parecia ser uma questão de dinheiro. A certa altura, a voz sibilante ficou mais alta e *dinheiro* foi a única palavra que consegui ouvir.

Abri o calendário da biblioteca no computador, dei uma olhada rápida e sorri. — Foi o que pensei. O doutor Kenneth

Driscoll fará parte da Feira de Conscientização sobre Saúde da Biblioteca Whitby que acontecerá amanhã.

— Excelente! Será a oportunidade perfeita para falar com ele. Posso afirma que aqueles dois caras estavam com *raiva*. Considerando que agora um deles está morto, faz sentido dar seguimento a essa informação. Talvez seja uma oportunidade para a polícia se concentrar em outra pessoa.

Olhei o calendário com mais atenção. — A aula de defesa pessoal também é amanhã às 17h. Vou verificar as inscrições. Odiaria que o chefe de polícia aparecesse para dar a aula e não tivesse ninguém para assistir. — Verifiquei as incrições e sorri. — Ah, que bom. Parece que temos dez mulheres. E eu também vou comparecer. — Pelo visto, as postagens com a foto de Fitz nas redes sociais o interesse esperado.

— Eu também vou, já que amanhã saio às 17h. Assim você terá chance de colocar Burton a par de todas as suas descobertas.

— Tenho certeza que ele ficará encantado — disse, lançando um olhar irônico. Achei que Burton ficaria feliz com a presença de Luna. Embora talvez eu tenha entendido tudo errado e ele estivesse fascinado por ela por diferentes razões.

— Talvez. Ele deve estar sofrendo muita pressão para prender alguém. Acho que precisa de toda a ajuda que puder encontrar.

Saí para almoçar sem ter certeza se Burton veria as coisas da mesma maneira.

Ao retornar do almoço, passei um tempo guardando os livros que haviam sido devolvidos à caixa de coleta. Estava organizando uma série de histórias em quadrinhos quando ouvi uma voz atrás de mim chamando meu nome.

Virei e sorri para Trista Terry. Éramos amigas na faculdade, mas não nos víamos há algum tempo, já que estávamos ocupadas com trabalho.

— Que bom vê-la, Trista.

— É bom vê-la também. Nossa, já faz séculos. Precisamos colocar a conversa em dia. Talvez possamos tomar um café ou um drinque algum dia — disse Trista, me dando um abraço.

— Ótima ideia. — Queria saber como Trista estava, mas era doloroso admitir que Nathan tinha razão. Eu não estava me esforçando para fazer amigos. Tentei novamente e coloquei um pouco mais de entusiasmo na voz. — Como está sua agenda? Adoraria passar um tempo com você.

Trista fez uma careta. —Ah, minha vida está uma loucura agora, mas devo conseguir um tempo livre nas próximas semanas. Pelo menos *uma* coisa está dando certo: posso *ter* um novo namorado. — Ela levou as mãos à boca fingindo medo. — É melhor não dizer mais nada ou pode dar azar. Falando nisso, tenho uma pessoa para te apresentar — acrescentou de forma maliciosa. — Adoraria lhe arranjar um encontro com esse cara. Acho que vocês têm muito em comum.

Fiz uma careta e disse: — Por favor, não faça isso. Ultimamente tive alguns encontros que não sairam exatamente como eu gostaria.

Um lampejo de preocupação percorreu o rosto de Trista. O problema com velhos amigos é que eles lhe conhecem muito bem. Tenho certeza de que Trista estava a ponto de me perguntar se namorei alguém desde Robert. Desde a faculdade, para ser mais específica. Mas ela era educada demais para perguntar.

— Está bem então. Te ligo nas próximas semanas. Ou talvez eu a veja quando voltar para devolver o livro.

— Qual livro?

— *O Pintassilgo*. Não acredito que ainda não li. Ouvi tantas coisas boas sobre esse livro. Preciso ir. Nos vemos em breve, Ann.

O resto da tarde passou voando e fiquei surpresa ao perceber que eram 18h e eu podia ir embora, já que não precisava fechar a biblioteca.

Voltei para casa, ainda pensando nas coisas do trabalho e em tudo o que descobri sobre as pessoas que estavam de alguma forma envolvidas com Roger.

Estava cansada quando saí do carro e subi a calçada, mas olhar para o jardim inglês no caminho até a porta da frente me fez pensar. A intenção era ser uma exibição desenfreada de plantas e arbustos coloridos e ecléticos. Não era para estar *tão* confuso como agora. E eu estava desconfiada de que muitas das plantas que floresciam no jardim naquele momento não foram semeadas. Eram ervas daninhas tentando se passar por flores.

Troquei de roupa, peguei as luvas de jardinagem e uma tesoura de podar e voltei para o jardim. Não era um trabalho muito estimulante, então fui buscar os fones de ouvido para escutar um audiolivro que peguei emprestado na biblioteca: *O Pintassilgo,* de Donna Tartt. A narração era ótima e logo fui absorvida pela história. Absorvida até *demais*. Arranquei algumas coisas que não necessariamente se qualificavam como ervas daninhas e decidi continuar, removendo algumas flores murchas. Era uma tarefa automática que eu podia realizar sem prestar muita atenção.

Distraída pelo audiolivro, não ouvi ninguém vindo atrás de mim, tampouco me cumprimentando e por isso pulei cerca de um quilômetro e gritei quando senti um leve toque no ombro.

Era o vizinho intrigante do fim da rua. Ele disse alguma coisa que não ouvi por causa dos fones de ouvido. Arranquei os fones, enrubescida.

— Desculpe — repetiu. — Não queria assustá-la. Meu nome é Grayson Phillips.

Ele estendeu a mão para me cumprimentar, mas estremeci ao olhar minhas mãos sujas. — Desculpe, estou imunda. — Usei as luvas de jardinagem apenas parte do tempo. As coisas eram tão pesadas que às vezes era difícil arrancar com as luvas. E eu já estava impaciente por ser tão desajeitada.

— É claro que está! Desculpe, foi indelicadeza da minha parte. Afinal, você está cuidando do jardim.

De alguma forma, eu não conseguia encontrar equilíbrio perto desse homem. A primeira vez que o vi, passei por ele em uma caminhada e tropecei em algo na calçada, me debatendo de forma descontrolada antes de alguma forma cair em cima do meu pé. Ele me chamou para ter certeza de que eu estava bem e eu acenei em agradecimento, não querendo prolongar o momento de constrangimento. E agora estava me esforçando para encontrar palavras.

— Sim. É uma boa atividade depois do trabalho — disse, enfim.

— Pelo que entendi, é um trabalho interno? — perguntou, com um sorriso.

Assenti com a cabeça. — Na Biblioteca. Até envolve cortes de papel, mas nenhum tipo de sujeira. — sorri, lembrando de um incidente no ano passado. — Pelo menos, não com frequência. — Fiz uma pausa. — Ouvi dizer que você tem um trabalho incrível.

— Tenho? — perguntou ele, franzindo a testa.

— Acredito que sim — respondi, ciente de que estava tagarelando, mas sem saber como parar. — Amo música. Uma das vantagens de trabalhar na biblioteca é que conheço todo o acervo – inclusive música. Gosto de quase todos os gêneros, e você? Quer dizer, suponho que goste, sendo DJ.

Grayson piscou. — Na verdade, não sou DJ.

— Não? — Nesse momento tive pensamentos muito ruins a respeito de Zelda Smith cabelos de henna. Era quase como se tivesse me sabotado de propósito. Cerrei os dentes.

— Não — disse Gayson, se desculpando e acrescentou: — Embora eu goste de música, e de todos os gêneros. É raro eu não gostar de algo.

Eu estava sorrindo e balançando a cabeça, mas mal ouvindo uma palavra do que ele dizia.

De repente, ele pigarreou: — A razão pela qual estou aqui é por causa da associação de moradores. Não tenho o telefone de ninguém no momento, então é mais fácil falar pessoalmente. Sra... Smith, não é? Ela disse que você achou que eu poderia estar interessado em fazer parte do conselho da associação de moradores. Mas no momento não tenho tempo. Talvez em uma outra oportunidade.

Senti que estava afundando por dentro. — Sim, sugeri isso — suspirei. — Honestamente, eu estava apenas tentando me livrar do problema. Desculpe. Acabei te envolvendo nessa situação. Zelda Smith está determinada a me convencer faz tempo e estou quase sem desculpas. O único problema é que minhas desculpas são verdadeiras. Não tenho tempo disponível. Chego cedo na biblioteca e estou sempre lá à tarde e nos fins de semana.

— De repente, parei de falar. O homem não estava ali para ouvir as *minhas* desculpas, mas ele apenas sorriu.

— Então, parece que estamos no mesmo barco. De qualquer forma, consegui escapar com sucesso desta vez.

— Fique alerta. Ela nunca desiste — sorri e fiz uma pausa. — Embora tenho a impressão de que vamos estar seguros por um tempo. Recomendei uma amiga para o cargo. Vamos torcer para dar certo.

— Vou deixá-la voltar para a jardinagem. Desculpe por ter incomodado.

Sorri e voltei a me ocupar, arrancando algo que mais tarde descobri que *não* era uma erva daninha.

O DIA SEGUINTE FOI agitado. Alguns dos programas de biblioteca foram muito bem e outros tiveram menos participantes. Mas a Feira de Conscientização sobre a Saúde sempre foi um grande sucesso porque havia aferições gratuitas de pressão arterial e açúcar no sangue, índice de massa corporal e dosagens de colesterol. A equipe médica presente também aconselhou sobre diversas condições, além de promover hábitos saudáveis.

A sala comunitária estava lotada, assim como grande parte da biblioteca. Sem contar que também tivemos nossos clientes habituais.

Luna se aproximou em um determinado momento. — Está uma loucura aqui!

— Felizmente, não realizamos eventos com muita frequência — disse, com uma risada.

— Daria tudo por uma bebida — disse ela, soltando um suspiro.

— Cerveja? — imaginei.

Luna bufou. — *Rosemarycano.*

— Nem sei o que é isso.

— Não sabe o que está perdendo. Campari e vermute com alecrim. — Luna viu minha expressão e riu. — Sou cheia de surpresas. Uma vez, tive um namorado rico em Nova York. Aprendi muitas coisas. — Uma mãe se aproximou para fazer uma pergunta e ela foi atender.

No meio do evento, avistei Kenneth Driscoll, nosso médico local. Percebi por que Luna o achava arrogante. Ele tinha uma aparência presunçosa e era muito bonito. Mas também era muito bom no que fazia e nunca ouvi reclamações a respeito do seu trabalho.

A certa altura, ele veio até a mesa de pesquisa onde eu estava sentada. — Trouxe meu almoço. Há algum lugar onde eu possa fazer uma pausa rápida para comer antes de encerrar minha participação na feira?

Levantei de imediato. — Na verdade, também estou no horário de almoço. Se quiser, pode se juntar a mim na sala de convivência.

— Obrigado — ele agradeceu e me acompanhou. Ao entrar, observei Fitz, que trotava atrás de mim.

— Tudo bem se o gato se juntar a nós?

Kenneth olhou para baixo, examinando o gato laranja e disse: — Sem problemas.

Ele se sentou à mesa enquanto eu esquentava a sopa de bró-colis e queijo que havia trazido para o almoço. Pensei em várias formas de trazer à tona a morte de Roger, mas não consegui en-contrar uma maneira natural de abordar o assunto. Talvez fosse melhor fingir que fui eu quem o viu discutindo com Roger na delicatessen, já que seria estranho dizer que alguém que eu conhecia havia me contado sobre a discussão.

Quando me sentei à mesa, ele já estava na metade de um san-duíche e lendo uma das revistas espalhadas pelas mesas e cadeiras da sala de convivência.

Respirei fundo e arrisquei: — Isso vai parecer um pouco abrupto, mas acho que o vi recentemente. É um pouco estranho porque estava discutindo com alguém que eu conhecia.

Como esperado, Kenneth ergueu a cabeça e me olhou com uma expressão defensiva. — O que disse?

— Apenas curiosidade. Como bibliotecária, a curiosidade é uma espécie de superpoder — falei com um sorriso, tentando minimizar a tensão.

Kenneth ainda parecia desconfiado. — Superpoder ou cu-riosidade mórbida. Por que se preocupa com uma discussão? Não que eu esteja afirmando que houve uma — acrescentou, rapidamente.

— *Estava* discutindo com Roger Walton na delicatessen, não estava? — Tomei uma colherada da sopa tentando demon-strar interesse casual na resposta.

Kenneth suspirou e esfregou os olhos com as palmas das mãos. — Sim. Estava. Mas posso jurar que a única razão pela qual me descontrolei foi porque aquele cara se descontrolou primeiro. — Ele fez uma pausa e me olhou. — Quem é você? Namorada dele ou algo assim?

Neguei com a cabeça. — Tínhamos um encontro às cegas na sexta-feira à noite. O problema é que, quando apareci para o encontro, encontrei Roger morto no jardim dos fundos.

Kenneth arregalou os olhos.

— Então talvez você possa perdoar minha intromissão neste caso. — Mexi a sopa, que aqueceu de maneira irregular no micro-ondas e última colherada queimou minha língua.

Kenneth ficou em silêncio por um momento, como se estivesse organizando os pensamentos e disse com cautela: — Como médico da cidade, você sabe que tenho uma reputação a zelar.

— Acho que deveria ter levado isso em consideração antes de iniciar uma discussão com alguém em público — disse, dando de ombros.

Ele suspirou e esfregou os olhos outra vez. — Você tem razão correto. E não posso culpá-la por fazer perguntas. É claro que deve parecer que poderia haver algum tipo de ligação entre eu e Roger Walton. Mas posso afirmar que não havia.

— Costuma almoçar com pessoas que não conhece? — perguntei, deixando transparecer um tom de aspereza na voz. Tentei deixar minha expressão mais neutra. Por alguma razão, Kenneth Driscoll e seu ar de superioridade me irritaram.

— Estou almoçando com *você* nesse momento — disse ele, incisivo, mas se conteve. Um momento depois continuou, em um tom mais calmo: — Não estou dizendo que não conhecia Roger. O conheci profissionalmente, como paciente. Saí para um almoço rápido, encontrei-o por acaso, sentamos juntos por alguns minutos e foi isso.

— Por que estava com tanta raiva?

Um lampejo de fúria surgiu em seus olhos. — Era *ele* quem estava com raiva. Eu apenas reagi e admito que deveria ter me contido. Apenas mencionei o débito dele.

Ergui a sobrancelha. — Débito? Seu trabalho não é exatamente com contas a receber. E deve saber muito bem quem lhe deve dinheiro e quem não deve, certo?

Ele deu de ombros. — É uma cidade pequena e, portanto, um pequeno negócio. Embora eu seja médico e tenha funcionários no consultório, sei muito mais sobre o que acontece no mundo dos negócios do que os médicos das grandes cidades. Minha equipe mencionou que teve dificuldade em entrar em contato com Roger para receber o pagamento por serviços prestados há cerca de um ano.

— Deve ter sido uma quantia significativa para se esforçarem tanto em cobrar.

— Não posso falar sobre pacientes ou seus respectivos tratamentos, mas foi um procedimento, e não apenas uma consulta de rotina. Como mencionei, por acaso o encontrei e lembrei que havia um pagamento pendente e sentei para discutirmos o assunto. Ele ficou com raiva e na defensiva, assim como eu. Fiquei irritado por ter prestado um serviço e Roger pensou que eu não merecia receber o pagamento.

— E essa foi a única vez que o viu fora do consultório?

Kenneth me lançou um olhar divertido. — Espero que não esteja imaginando que eu seria capaz de matar Roger. Não seria uma forma muito eficaz de receber a quantia que ele me devia, não acha? — Ele fez uma pausa. — Quando foi que ele morreu? Posso lhe dizer o que estava fazendo nesse momento.

— Sexta-feira à noite.

Kenneth apertou os lábios, irritado. — Fiquei trabalhando até tarde no consultório. Precisei atualizar algumas anotações, responder e-mails de pacientes e resolver outras burocracias que os médicos precisam lidar hoje em dia.

— Alguém no consultório pode confirmar isso?

Ele balançou a cabeça como se estivesse surpreso com meu atrevimento e deu uma risada curta. — Todos já haviam ido para casa. Olha, sinto muito pelo que aconteceu com Roger e entendo que esteja buscando respostas, mas não tenho nada a ver com isso. Precisa falar com outra pessoa. Não que eu saiba quem possa ser essa 'outra pessoa'. Eu realmente não o conhecia. E não tenho motivos para matá-lo. Tenho vários pacientes que não pagam, e por sinal, alguns estão aqui na biblioteca neste momento. E como pode ver, não estou tentado bancar o cobrador de dívidas. Em vez disso, estou sendo voluntário em um evento para ajudar a comunidade a ser mais saudável.

A essa altura eu poderia dizer que o lado relações públicas dele estava aflorado e que eu não conseguiria extrair mais nenhuma informação. — Está certo. A propósito, obrigada. O evento é um grande sucesso. Aposto que está identificando vários problemas de saúde e ajudando a evitar que se agravem.

Ele me deu um sorriso genuíno. — Obrigado. Espero que sim. A detecção precoce é fundamental. É melhor eu voltar ao trabalho — disse, se levantando.

Capítulo Doze

No final da tarde, eu estava arrumando a sala comunitária para a aula de autodefesa, guardando cadeiras e mesas em um armário espaçoso.

Wilson enfiou a cabeça pela porta segurando um envelope.
— Correspondência para você.

— Correspondência? — Alisei o cabelo de modo casual, percebendo que estava espetado na parte de trás por causa do movimento de arrastar os móveis. — Desde quando recebo correspondência na biblioteca?

Peguei o envelope da mão de Wilson e fiz uma careta. — Isso nem é correspondência. Não tem sele. Parece que foi deixado por alguém.

Ele deu de ombros. — Estava na pilha de correspondência da biblioteca. A melhor forma de descobrir é abrindo.

E foi o que fiz e olhei para a única folha de papel dentro do envelope.

— O que é? — perguntou Wilson.

— É um aviso — disse lentamente e levantei o papel para que Wilson pudesse ler: *'Pare de ser intrometida'.*

Wilson gaguejou e disse: — Alguém deixou isso para *você*? O que isso significa?

— Acho que significa que alguém pensa que estou fazendo perguntas demais sobre a morte de Roger Walton — respondi e respirei fundo.

As sobrancelhas de Wilson se uniram para formar uma linha lanosa. "Qual é o próximo evento? — perguntou Wilson, franzindo as sobrancelhas.

— Aula de autodefesa do chefe Edison — respondi, a voz soando quase inaudível aos meus ouvidos.

— Perfeito. Vamos entregar isso a ele imediatamente.

— Parece que foi digitado e colocado em um envelope simples. Não tem caligrafia. Provavelmente não há impressões digitais. E nenhuma ameaça. Como disse, é apenas um aviso.

— Não me importa o que diz ou quais pistas contêm. Ninguém envia avisos, ameaças ou coisas do tipo para a minha equipe nesta biblioteca. — Ele ergueu o olhar e viu Burton Edison batendo na porta de vidro do lado de fora da sala. — Excelente. O momento não poderia ser melhor.

Wilson entregou a carta a Burton. — Temos algo que precisa ver. Aparentemente foi deixado aqui na biblioteca.

Burton leu em silêncio e depois olhou para mim: — Isso faz sentido para você?

Senti meu rosto enrubescer. Wilson respondeu: — Parece que ela está investigando um pouco.

Burton ergueu a sobrancelha, intrigado. — Está? Por quê?

Wilson olhou pela porta de vidro e disse antes de sair da sala: — Com licença, preciso ajudar no balcão.

— Estou preocupada com um amigo. Nathan Richardson.

— O professor aposentado? É seu amigo?

— Ele era meu professor preferido na faculdade e nos tor-namos bons amigos. Esperava que talvez pudesse descobrir algo para tirá-lo da lista de suspeitos ou talvez redirecionar sua inves-tigação — respondi, corando um pouco e toquei distraídamente o medalhão que usava.

Burton inclinou a cabeça para o lado, me observando. — Es-tou me lembrando do que você me disse na sexta-feira à noite na casa de Roger.

— O quê? — perguntei, tentando lembrar da conversa.

— A sua história. O fato de ter dito que não sentia que o mundo era um lugar seguro depois que sua mãe morreu. Deve ter lhe afetado bastante. Perder a mãe quando ainda era criança.

Suspirei. — Gostaria de ter mais lembranças da minha mãe, mas eu tinha apenas oito anos quando a perdi. Só me lembro dos pesadelos que costumava ter.

Ele acenou com a cabeça para o medalhão, que soltei no mesmo instante.

— Isso era da sua mãe?

— Era. Uso todos os dias — respondi, com uma risada cur-ta. — É uma forma de lembrar dela.

— Ainda assim, deve ter lhe afetado bastante. Feito você querer se sentir protegida.

Assenti com a cabeça. — Tem razão. A morte de mamãe foi... bem, não foi natural. Ela morreu de forma súbita. Minha mãe foi vítima de um ato aleatório de violência. Alguém invadiu nossa casa à noite. Eu estava dormindo, ou pelo menos estava, até ouvir a arma disparar. Minha tia explicou, que minha mãe havia surpreendido o ladrão. Quando a polícia prendeu um suspeito, tive que ir até a delegacia e identificá-lo. Eu o vi quando ele estava saindo. — Estremeci ao lembrar.

Burton respirou fundo. — Deve ter sido horrível. Não consigo imaginar trazer uma criança de oito anos à delegacia para identificar o assassino da mãe.

— A polícia fez o possível para me garantir que eu estaria segura e que o homem não seria capaz de me machucar. Mas eu sempre tive muito medo que ele viesse atrás de mim, porque fui eu quem o colocou na prisão.

— *Ele* foi o único responsável. Se não queria ir para a cadeia, não deveria ter cometido um crime.

— Minha tia falou a mesma coisa. Talvez eu fosse muito pequena para entender. Tive pesadelos durante muito tempo, até perceber que Whitby parecia uma cidade tranquila e segura. Era o lugar perfeito para uma criança que queria voltar a se sentir protegida.

Burton deu de ombros. — Não sou psicólogo. Sou apenas um policial, mas parece que você se empenha mais do que a maioria das pessoas para garantir que Whitby *permaneça* um lugar seguro. Inclusive, organizou uma aula de autodefesa — ressaltou.

— Você é um detetive ou algo assim? — perguntei, sorrindo.

— Estou começando a achar que você deve estar *quererendo* ser uma detetive. O que descobriu?

Contei sobre conversa que tive com Mary Hughes, Nathan e Kenneth Driscoll e Burton ouviu com atenção, fazendo anotações no caderninho que guardava no bolso da camisa.

Quando terminei, ele disse: — Dr. Driscoll. Outras pessoas mencionaram Mary e Nathan e já conversei com ambos. Mas o bom médico é novidade para mim. Como descobriu isso?

— Uma das minhas colegas de trabalho ouviu uma discussão entre ele e Roger e me contou.

— Obrigado. Você não apenas me deu algumas informações úteis, mas também impressões muito interessantes sobre as várias pessoas envolvidas. Você é um boa fonte.

— Então não serei repreendida por fazer algumas perguntas?

Burton olhou para o papel e soltou um suspiro. — Acho que alguém já fez isso por mim. Vou ficar com este bilhete, mas você sabe que não temos um grande departamento forense. Na verdade, não temos nenhum departamento forense. Além do mais, embora isto tenha sido claramente um aviso, não há nenhuma ameaça específica sobre a qual a polícia possa agir. Foi digitado no computador e impresso em papel comum. E a pessoa, se tivesse algum cérebro, teria usado luvas.

— Não estou preocupada com isso. Acho que alguém ficou assustado porque estou chegando perto demais da verdade.

— Na verdade, *eu estou* um pouco preocupado que você esteja chegando perto demais de descobrir algo.

— Então o fato de eu estar organizando um curso de autodefesa ministrado pelo chefe de polícia local é bem conveniente — disse, sorrindo.

— Sim. — Ele riu, hesitou por um momento e disse: — Então, quem você acha que pode ter ficado aborrecido com suas perguntas? Quem parece mais provável de ter feito isso? E o que você descobriu que pode ter feito alguém se sentir ameaçado?

— Posso dizer que a pessoa mais resistente em responder foi o doutor Kenneth Driscoll.

— É mesmo? — Burton parecia intrigado.

— Não estou dizendo que ele é responsável pela morte de Roger, mas estava muito na defensiva e parece ser extremamente preocupado em manter sua reputação na cidade.

— É compreensível. Quem quer se comsultar com um médico que pode ser um assassino?

— Confesso que não consigo imaginá-lo me enviando bilhetes anônimos, mas talvez seja essa a questão. Talvez receber um aviso anônimo sirva para me orientar em outra direção.

Burton assentiu. — Pode ser. É difícil dizer neste momento. Veja bem, você está obtendo boas informações, mas não preciso lidar com outro cadáver, certo?

— É claro. — concordei de imediato, mas já estava considerando qual seria meu próximo passo.

— Agora, mudando de assunto, houve interesse pelas aulas de autodefesa ou seremos apenas nós dois?

— Por incrível que pareça, houve bastante procura, considerando o curto prazo das inscrições. Contando comigo, agora somos doze.

— Seu colega vai estar presente? — perguntou Burton, em tom casual.

— Meu... está se referindo à Wilson? — Algo me dizia que ele devia estar se referindo a Luna, mas a palavra *colega* me confundiu. Se fosse procurar a palavra no dicionário, certamente não teria uma foto de Luna ao lado da definição.

Burton negou com a cabeça. — Nao, quero dizer sua nova colega de trabalho. Não consigo lembrar o nome dela.

Aquilo era bem estranho, vindo de um homem que deu todas as indicações de ter uma memória excelente e ser muito bom em se lembrar de nomes. — Luna. Luna Macon. E sim, ela está pensando em vir. É a nossa décima segunda incrita.

Burton assentiu, mas percebi que ele estava satisfeito antes de se virar para ir embora. — Que bom. Afinal, vocês duas costumam sair daqui tarde da noite. E estacionamentos são lugares assustadores. É sempre bom ficar alerta. — Ele fez uma pausa. — Não mencionei isso antes, mas deveria ter marcado seu encontro às cegas em um local mais neutro. Uma cafeteria, um restaurante ou algo assim.

Dei um sorriso irônico. — Tem razão. Pensei a mesma coisa quando estava na porta da casa de Roger e toquei a campainha. Só porque a tia-avó de alguém, acha que o sobrinho-neto é boa pessoa, não significa que ele não seja sinônimo de problema. E logo comigo, que sou sempre tão cautelosa e preocupada com segurança! Serei mais cuidadosa no futuro. Prometo — disse, não que eu estivesse planejando outros encontros às cegas em um futuro próximo. Se é que eu teria outros encontros

A aula de defesa pessoal correu muito bem. Fiquei surpresa como Burton agia de forma natural e amigável com todos os presentes. Ele demonstrou um grande senso de humor, o que ajudou a deixar os alunos relaxados. Luna fez brincadeiras com ele, o que também ajudou a quebrar o gelo e tornar a aula mais descontraída. Fiquei pensando se Luna estava ciente do número de vezes que Burton dirigiu o olhar em sua direção. Talvez ela estivesse acostumada com as pessoas olhando, considerando sua aparência bastante colorida.

Apesar do ambiente descontraído, Burton ficou extremamente sério ao mostrar as técnicas e nos fez repeti-las até nos sentirmos confortáveis e demonstrarmos alguma habilidade com todas.

Acabei me sentindo um pouco culpada pelo tempo que Burton estava dedicando à aula, considerando que devia estar cansado depois de um longo dia de trabalho investigando a morte de Roger. Apreciei o fato dele querer que todos dominassem as técnicas de autodefesa, mas encerramos a aula cerca de duas horas depois. Em seguida, fiquei organizando tudo para o dia seguinte e orientando um cliente com um problema no computador.

Quando cheguei em casa naquela noite, não perdi muito tempo relaxando, pois estava exausta demais. O bilhete, que não dei muita importância ao compartilhar com Wilson e Burton, parecia mais sinistro no silêncio da minha casa. Estreitei os olhos com raiva. Assim como a biblioteca, minha casa era meu santuário. Decidi que não ia deixar que isso fosse tirado de mim por um bilhete anônimo ridículo deixado por alguém covarde demais para se identificar. Mesmo assim, tomei cuidado e me certifiquei que as portas estivessem trancadas e as cortinas fechadas.

Caí na cama, completamente exausta, mas horas depois, acordei assustada e tremendo. Pesadelos. Fazia anos que isso não acontecia.

NA MANHÃ SEGUINTE, saí cedo para o trabalho, pensando em fazer adiantar algumas tarefas antes de abrirmos ao público.

Decidi comprar um bagel para o café da manhã em uma loja que não ficava muito distante da biblioteca.

Quando cheguei ao centro comercial, vi luzes azuis piscando na frente do salão de bronzeamento. A princípio, pensei que Burton tivesse parado alguém ou talvez fosse alguma colisão de veículos no estacionamento. Mas então percebi que não havia ninguém no estacionamento. Parecia que algo estava acontecendo no salão de bronzeamento.

Hesitei e continuei dirigindo em direção ao salão. Ao sair do carro vi Burton e uma funcionária que não era Mary. Burton, com uma expressão sombria, acompanhou a funcionária para fora do salão e fez sinal para que ela se afastasse do prédio. Era uma mulher jovem e estava chorando, com o rosto vermelho.

Burton me avistou e ergui um dedo para indicar que eu esperasse um minuto. Observei-o falando no rádio e em seguida ele fez sinal para que eu me aproximasse. A funcionária ficou olhando enquanto eu caminhava para falar com Burton.

— É Mary Hughes. A colega de trabalho a encontrou morta esta manhã.

Capítulo Treze

Morta? — perguntei, ofegante. — Como assim? De causas naturais?

— Assassinada. A polícia estadual está a caminho. Agora, se me der licença, preciso isolar o local.

A funcionária do salão, ainda chorando, também foi orientada a esperar do lado de fora. Burton começou a isolar a cena do crime. A mulher veio se juntar a mim, obviamente não querendo ficar sozinha. Assim como Mary, ela tinha um bronzeado dourado, mas parecia pálida com a descoberta do corpo.

— Conhecia Mary? — perguntou, o rosto molhado de lágrimas.

Fiz que não com a cabeça. — Na verdade, não. Conheci faz pouco tempo. Pode me dizer o que aconteceu? O chefe de polícia disse que Mary foi assassinada.

A mulher ameaçou começar a chorar novamente, mas respirou fundo e assentiu. — Acho que sim. Quero dizer, sim, não há outra explicação. Alguém fez isso com ela.

— Fez o quê?

A funcionária respirou fundo outra vez. — Bateu na cabeça dela. Foi com aquele batente de porta pesado que costumamos usar em dias bonitos para manter a porta aberta. Às vezes, recebemos clientes de outras lojas quando fazemos isso. Ou, pelo menos, as pessoas entram para pedirem informações sobre preços e promoções.

— Sinto muito. Deve ter sido um grande choque encontrá-la.

A mulher olhou fixamente para o salão. — Mary nem queria o turno da manhã hoje, mas eu tinha uma consulta médica. No último minuto, o consultório ligou dizendo que o médico estava atrasado por conta de uma cirurgia e que precisavam remarcar a consulta. Então liguei para o salão para avisar a Mary que ela não precisava mais me cobrir.

— E ela atendeu o telefone?

— Não. E isso não era típico de Mary. Ela é o tipo de pessoa que está sempre *atenta*. Se está trabalhando, está concentrada no trabalho. Não fica brincando como algumas pessoas. Então achei estranho ela não atender o telefone. Quero dizer, mesmo que estivesse falando com um cliente, atenderia uma ligação rápida, nem que fosse para colocar a pessoa em espera. Tentei o celular e ela também não atendeu.

— Então você foi até o salão para ver o que tinha acontecido? Deve ter ficado mesmo preocupada.

— Mary não agia assim. Então, fiquei preocupada. Não pensei que algo *horrível* tivesse acontecido, mas me perguntei se talvez ela tivesse tido um ataque cardíaco, um derrame ou algo parecido. Não sabia se ela estava com algum problema de saúde. Quando cheguei, a porta estava destrancada e não havia sinal dela. — A mulher engoliu em seco.

Estremeci porque tive a sensação de que sabia onde ela a havia encontrado. — E você a procurou.

— Sim. Porque não fazia sentido. Mary não sairia do salão e deixaria a porta destrancada. E como disse, ela sempre atendia o telefone. Então eu a encontrei em uma das câmaras de bronzeamento. — Ela soltou um suspiro trêmulo.

— Você disse que ela foi atingida pelo batente da porta?

Ela assentiu. — Acho que quem fez isso voltou lá e a atingiu com o batente da porta enquanto Mary verificava as câmaras de bronzeamento. Desconfio que a empurraram para que ninguém pudesse vê-la pela porta de vidro. Ou talvez para ganharem tempo. De qualquer forma, o batente da porta ainda estava no chão, ao lado da câmara de bronzeamento.

A mulher deu uma risada curta. — Sabe, eu nem gostava *tanto* assim de Mary, mas jamais teria desejado que algo de mal acontecesse com ela. E não consigo imaginar quem faria algo assim. Mary não é casada. Confesso que pode ser difícil se dar bem com ela e acho que por isso era solteira. Eu mal a conhecia desde que começou a trabalhar lá, mas a dona do salão nos colocou no mesmo turno nos finais de semana por um tempo. Ela pensou que teria muito movimento, mas estava tranquilo e então Mary e eu tivemos bastante tempo para conversar. Ela mencionou que se casou muito jovem assim que se formou, mas o casamento não durou mais do que seis meses. E também me contou que seus pais haviam falecido e que não era próxima de nenhum outro parente. Então não sei se isso é algum tipo de crime aleatório ou seja lá o que for.

— Partindo do princípio que não foi um roubo e talvez algo pessoal, mas também pode não ser o caso. Havia algo valioso no salão?

— Ah, não está faltando nada. Não temos nem dinheiro na loja. A maioria dos clientes são regulares e fazem débito em conta ou pagam com cartão de débito. Qualquer pagamento com vai direto para o banco assim que fecharmos, todas as noites. E, a menos que alguém consiga arrastar uma câmara de bronzeamento artificial de 200 kg, não há nada para roubar, exceto um computador fora de linha.

— Então deve ter sido um motivo pessoal.

A mulher deu de ombros. — Como disse, eu não a conhecia, mas sei que ela gostava de fofocar. Às vezes parecia que Mary sabia tudo sobre todo mundo. Fiz questão de não compartilhar nenhum segredo com ela. Talvez alguém não tenha gostado disso.

— Como Mary estava agindo ultimamente? Normal ou um pouco diferente?

Por sorte, a mulher não pareceu se importar com as perguntas. Na verdade, o tom dela também era de fofoqueira. Talvez Mary *fosse* fofoqueira, mas parecia que a colega de trabalho também era.

— Andava muito estressada, e é provavelmente por isso que era tão focada no trabalho. Sei que recebeu algumas ligações de cobradores no celular.

— Talvez não tenha cortado despesas e estava tentando manter o mesmo estilo de vida que tinha antes de deixar seu último emprego.

— Sim. Ela sempre se gabava do antigo emprego, o que era irritante. Eu ficava me perguntando: 'se era tão bom, por que saiu de lá?' — A mulher revirou os olhos.

— Ela disse por que saiu?

— Não. Mas com certeza não foi para ganhar mais dinheiro trabalhando em um salão de bronzeamento.

Lembrei que Mary havia dito que a colega de trabalho lhe contou sobre a morte de Roger. — Tive uma conversa com Mary faz pouco tempo. Ela mencionou que foi você quem contou sobre a morte de Roger Walton.

A mulher me olhou fixamente. — Quem?

— O colega de trabalho de Mary. Do antigo emprego.

— Desculpe, não sei nada sobre isso — disse ela, negando com a cabeça.

Burton saiu da loja e fez um gesto para a mulher.

— Preciso ir.

Pensei a mesma coisa. Em vez de chegar mais cedo na biblioteca, acabaria chegando na hora. Se me apressasse.

Depois de algumas horas de trabalho, fui para a sala comunitária mediar um de nossos clubes do livro. Este em particular, eu gostava. Tinha uma variedade de pessoas, homens e mulheres, jovens e idosos. Tínhamos boas conversas e discussões interessantes sobre livros. Além disso, a mãe de Sadie estava quase sempre presente. Então me perguntei se talvez ela tivesse alguma opinião sobre o relacionamento ou ausência de relacionamento, da filha com Roger.

Dessa vez tanto a mãe *quanto* a filha estavam lá. Sadie trouxe a filha, Lynn, mas não estava participando da reunião do clube do livro, apenas acompanhou a mãe até a biblioteca. A reunião do clube do livro desta terça-feira foi no final da manhã. Alguns clientes vieram durante a hora do almoço, mas a maioria eram aposentados.

Louise, a mãe de Sadie, era uma professora aposentada de sessenta e poucos anos. Sempre usava calças e blusas coloridas e um lenço vibrante. Como sempre, ela foi a primeira a chegar e me deu um sorriso ao entrar na sala comunitária.

— Chegou cedo — falei, retribuindo o sorriso.

— Estou animada para conversar sobre o livro. Sempre ouvi coisas boas sobre *Orgulho e Preconceito*, mas nunca tinha lido. Não era um livro popular quando eu estava na escola. Além disso, Sadie pôde me trazer hoje cedo, então aproveitei. — Ela se inclinou e sussurrou: — Que ela não nos ouça, mas é uma péssima motorista. Estou sempre agarrando à porta do carro temendo pela minha vida, mas sou muito grata por ela sempre me levar aos lugares. Meus dias de direção terminaram há algumas semanas. Suponho que eu também não era um motorista maravilhosa.

— Como está Sadie? — perguntei, por educação, mas era óbvio que tinha outros motivos para fazer a pergunta.

Louise suspirou. — Está muito sobrecarregada, mas obrigada por perguntar. Pobrezinha. Seus dias são uma loucura. Deixa Lynn na creche e sai correndo para o trabalho.

— Onde ela trabalha mesmo?

— Na academia. Faz a matrícula das pessoas, certifica se os aparelhos estão funcionando e até dá algumas aulas. — Louise balançou a cabeça. — Não é um trabalho ruim, mas ela volta para casa exausta e às vezes trabalha em horários bem estranhos. Tarde da noite, de manhã bem cedo, fins de semana, feriados.

Acho que trabalhar com o público por tantas horas cansa muito a pessoa. Você sabe bem como é trabalhar com o público.

Sorri, embora achasse que trabalhar com o público era bastante revigorante, na maioria das vezes. Nunca se sabe o que as pessoas estão prestes a dizer ou fazer e era isso que tornava os dias tão interessantes. Não havia rotina em trabalhar em uma biblioteca e sempre havia o elemento surpresa, que poderia ser qualquer coisa, desde o não comparecimento do professor do curso básico de informática até um cliente que percebe que o livro que estávamos insistindo para que fosse devolvido estava, na verdade, no banco de trás do carro.

Louise continuou: — Então Sadie pega Lynn na pré-escola e prepara o jantar. Na maioria das vez ela prepara comida suficiente para que possa jantar também. Como não estou dirigindo, ela vai me buscar. Jantamos e às vezes eu leio uma história para Lynn ou ajudo com o banho, e depois Sadie me leva de volta para casa. Ela tem uma vida muito agitada, mas não aceitaria que fosse de outra maneira. É assim que *deveria* ser. Nós, mulheres Stewart, faríamos qualquer coisa por nossos filhos.

Sua determinação me lembrou minha tia, que também teria feito qualquer coisa por mim. Ela teve toda a sua vida virada de cabeça para baixo quando fui morar com ela, mas lidou com tudo de forma tão incrível. Não apenas me deu a segurança que eu procurava, como tornou minha vida *divertida* outra vez. E também me encorajou a sair da concha. Mesmo assim, eu não tinha certeza se estava disposta a ter minha própria família. Não sei se conseguiria me tornar o modelo que minha tia havia sido.

— Parece uma vida muito agitada.

— Além disso, tem todas aquelas despesas médicas. Sei que isso a mantém acordada à noite. Não acho que ela durma metade do tempo e isso não é bom.

— Despesas médicas? Sinto muito, não sabia que ela estava doente.

— Ah, não foram para ela, mas para Lynn. A coitadinha teve um problema estomacal terrível há alguns meses e ficou desidratada. Passou vários dias no hospital e Sadie ficou ao seu lado, é claro. Não tenho muito dinheiro, mas sempre tentei ajudar a pagar algumas coisas extras para Lynn. Uma aula de arte na pré-escola, alguns brinquedos, esse tipo de coisa, mas não posso ajudar muito com essas contas. Eram um pesadelo e continuavam chegando pelo correio por mais tempo do que pensávamos. Na verdade, ela ainda recebe contas, mesmo depois de terem se passado meses. Sadie tem lutado para pagar e tem estado estressada demais. Cada vez que olho para ela, vejo como parece exausta e ansiosa. — Louise fez uma pausa e depois riu. — Desculpe, eu não deveria estar descarregando isso em você. Pareço uma das Bennets de *Orgulho e Preconceito*, não acha? Se ao menos houvesse um Sr. Darcy por aí para Sadie...

— Ela está namorando alguém?

Louise riu de novo, mas desta vez foi mais contido. — Não. Ela não tem tempo nem energia para isso. Embora eu me ofereceria como babá, é claro, se ela tivesse um encontro. Lynn é uma boa menina e adoro ficar com ela, mas Sadie ficou muito magoada com o último namorado. Roger.

— Roger Walton?

Luísa assentiu. — É claro que me sinto mal por um homem tão jovem morrer, mas não posso dizer que estou de luto. Ele sabia ser bem desagradável e não ajudava em nada com Lynn. Sadie podia ter apoio financeiro. E odiava a ideia de que Lynn cresceria sem ter um relacionamento com o pai.

— É uma pena. Afinal, Roger era o pai dela. Acho que ele gostaria de ter tido um relacionamento com Lynn. Teria valorizado isso.

— Era o pai apenas no sentido técnico da palavra. Não fez nada para ajudar Sadie. Poderia ter visto a criança nos finais de semana ou a levado a uma consulta médica. Mesmo que não quisesse nenhum envolvimento pessoal, ainda poderia ter ajudado a pagar uma conta do hospital ou até mesmo a conta de luz de Sadie. Ele não queria se envolver com nenhuma das duas.

— Mas ele deve ter tido algum tipo de obrigação legal para dar apoio a Lynn.

— Quando Lynn nasceu, o relacionamento deles acabou. Na verdade, tudo acabou quando Roger descobriu que Sadie estava grávida. Esse era o tipo de homem que ele era — disse Louise, com a voz tremendo de raiva. — Sadie nem sequer o colocou na certidão de nascimento. E forçá-lo a ajudá-la financeiramente significaria um advogado e audiências que ela não poderia pagar, e ele sabia disso.

Absorvi o comentário por um segundo. E novamente, quanto mais ouvia a respeito de Roger Walton, menos gostava dele.

A porta se abriu e vários membros do nosso clube do livro entraram, um deles cumprimentou Louise, que acenou de volta.

— Obrigada por me deixar desabafar. Acho que a essência do que eu estava tentando dizer era que Sadie é uma boa mulher. Com tudo o que está acontecendo em sua vida e com tão pouca ajuda que recebe, ela ainda reserva tempo para cuidar de *mim*.

Depois de alguns minutos de socialização, iniciei a reunião do clube do livro. Para este clube, senti que meu trabalho era simplesmente ajudar a levar as coisas adiante, no ritmo certo, para garantir uma discussão completa e que todos tivessem a chance de participar, se quisessem. Comecei perguntando sobre a função do casamento no livro. Como os diferentes personagens o encaravam? Como o casamento manteve alguns personagens, como Lydia e Wickham, na linha? A discussão começou com entusiamo fazendo com que eu não precisasse intervir muito durante o resto da reunião. Quase todos pareciam ter gostado de *Orgulho e Preconceito* e as duas pessoas que não gostaram ficaram de bom-humor.

Quando a reunião acabou, agradeci a presença de todos e voltei para o balcão de circulação, deixando os membros do clube continuarem socializando. Sadie Stewart veio até mim com Lynn e uma pilha de livros nas mãos. Parecia totalmente esgotada, mas ainda assim conseguiu sorrir: — Algum dia terei tempo para voltar a ler.

— A vida é assim, não? Há momentos em que tudo o que podemos fazer é passar pelos dias agitados para em seguida aproveitarmos os momentos em que a rotina fica um pouco mais tranquila para fazermos as coisas que queremos fazer — disse, retribuindo o sorriso.

Sadie sorriu. — Você e minha mãe devem ter conversado se sabe o quanto estou ocupada! Esqueci que é moderadora o clube do livro.

— Sua mãe é uma senhora incrível. Adoro tê-la no clube do livro e ela fica muito agradecida que você a traga até aqui. Ela es-

tava me contando sobre as coisas que você faz para ajudá-la e como anda tão sobrecarregada.

— Mamãe é minha maior líder de torcida. Na verdade, minha *única* líder de torcida. E também me ajuda com Lynn. Ela
faria qualquer coisa por nós duas e preciso de alguém assim ao
meu lado. Não sei o que faria sem ela. Mesmo que tenha parado de dirigir recentemente, ainda é capaz de ajudar muito. Dirigir seria melhor, é claro, mas primeiro ela teve problemas para
dirigir à noite. Depois na chuva e por fim, perdeu a confiança
no volante. Para ser honesta, preciso ajudá-la a vender o carro,
mas tenho estado ocupada demais. Mamãe faz um ótimo trabalho cuidando de Lynn para que eu possa fazer algumas tarefas. E
como é ex-professora, ajuda um pouco com a educação infantil.
E está fazendo um trabalho melhor do que o pai de Lynn jamais
fez. — As últimas palavras saíram amargas.

— Lamento muito que ele tenha tratado vocês duas tão mal.

Sadie assentiu e suspirou. — Pois é. Era sobre isso que eu estava conversando com o chefe de polícia ontem. Ele *sabia* que
Lynn era filha de Roger, mas acho que é função dele rastrear os
detalhes. Disse que estava furiosa com Roger por não ter ajudado Lynn, mas a última coisa que faria seria matá-lo. Dessa forma eu não teria esperança de persuadi-lo a ajudar com qualquer
quantia.

— Roger demonstrava sinais que iria ajudá-la? Louise estava
me contando sobre a hospitalização de Lynn e todas as despesas
médicas.

Sadie deu uma risada curta. — As coisas acontecem todas ao
mesmo tempo, não? A pobrezinha ficou tão doente. E depois, eu
fiquei doente quando recebi todas aquelas contas e sabia que não

tinha como pagá-las no prazo. Roger tinha alguma responsabilidade por isso, mas eu jamais seria capaz de lhe fazer mal. Quando o vi na sexta-feira, ele estava vivo e parecia bem.

Respirei fundo. — Você não disse que *não* o viu na sexta-
feira?

Sadie franziu a testa e respondeu calmamente: — Se disse,
falei errado. Estive lá para tentar conseguir algum dinheiro...
Mais uma vez. Recebi outra conta alta e me vi sem alternativas.
Passei na casa dele no caminho para buscar Lynn na creche.

— Enquanto estava lá, viu ou ouviu alguma coisa que
pudesse dar uma pista sobre quem o matou?

Sadie pensou por um momento. — Vi Heather estacionar
quando eu estava saindo. Nem me lembrava disso. Estava com
muita raiva depois que Roger se recusou *novamente* a ajudar,
mas reconheci o carro dela. Não me pareceu uma informação
importante naquele momento.

A propósito, soube que Mary Hughes foi assassinada?

— O quê? — Sadie ficou boquiaberta. — A mulher que trabalhou com Roger? *Assassinada?* A polícia acha que tem relação
com a morte de Roger?

— Não sei, embora seja improvável que os crimes não estejam relacionados. Whitby não é exatamente uma cidade cheia de
assassinos. E nada foi roubado do salão, então não parecia um assalto.

Sadie olhou para Lynn sentada no chão, que fingia ler os
livros interativos, o dedo mínimo traçando as palavras como
provavelmente tinha visto a mãe fazer. Em seguida, disse: — Isso
está ficando estranho. Tenho certeza de que o chefe de polícia
vai querer falar comigo outra vez.

— Ele pode querer saber onde você estava esta manhã — disse, tentando encontrar uma desculpa.

— Trabalhando — respondeu, soltando um suspiro. — Hoje precisei cobrir o turno da manhã e a academia abre às 5h por causa das pessoas que gostam de se exercitar antes do trabalho. Desse forma, posso dizer a ele que estava trabalhando na frente de várias testemunhas.

— O que faz com Lynn quando precisa trabalhar tão cedo?

— Ah, tem uma creche na academia e os funcionários podem levar os filhos. Mas não é integral, então eu a levo cedo e depois tenho que sair para levá-la para a escola. Não é o ideal, mas normalmente não trabalho nos primeiros turnos. Então Mary foi assassinada *hoje* de manhã?

— Sim, foi hoje pela manhã. Você a conhecia?

Sadie negou com a cabeça. — Não. De certa forma, *achei* que a conhecia porque Roger falava muito dela. Acho que você já deve ter ouvido falar que Mary não era a pessoa favorita de Roger.

— Tive essa impressão.

— Mary o culpou por tudo o que estava acontecendo em sua vida. Isso incomodou Roger porque ela falou muito a respeito do assunto. E quando as pessoas ouvem coisas assim, isso pode fazê-las pensar que Roger não era confiável. E quando se está lidando com o dinheiro de alguém, é preciso inspirar confiança.

— Então, Roger estava aborrecido por ela ter falado mal dele pela cidade.

— Sim. Na verdade, se Roger ainda estivesse vivo, eu diria que ele seria o suspeito número um no assassinato de Mary. — Ela olhou para o outro lado da sala. — Parece que minha mãe es-

tá vindo, preciso ir. Obrigada mais uma vez pelo clube do livro.
É um dos eventos preferidos dela.

Capítulo Catorze

Felizmente, a biblioteca ficou um pouco mais silenciosa depois que a reunião terminou e da enxurrada de devoluções que aconteceu quando os membros do clube amantes de livros embora. Fitz estava dormindo ao lado de um homem mais velho que lia uma revista perto da lareira.

Cerca de uma hora antes de fechar, vi outro homem entrar. Fred geralmente chegava à biblioteca logo depois do trabalho, ainda de terno e gravata, carregando uma pasta cheia de documentos, como sempre. Uma vez, ele me disse que ficava muito mais concentrado trabalhando na biblioteca do que em casa, que era cheia de distrações e o fazia perder o foco.

Fred trabalhava na área financeira, mas não conseguia me lembrar se era no banco ou na parte de investimentos. Fui até onde ele estava se preparando, nos fundos, perto de uma tomada para conectar o laptop. Quando me aproximei, ele ergueu o olhar e sorriu.

— Como vai, Ann? Se vai me indicar outro livro, saiba que ainda estou lendo aquela história da Segunda Guerra Mundial que me recomendou.

Retribuí o sorriso. — É um calhamaço. Não será um problema renovar o empréstimo, pois não é um lançamento recente. Na verdade, eu queria lhe fazer uma pergunta.

Fred largou os papéis e se recostou na cadeira para se concentrar. — Parece sério. Muito bem, diga.

— É sobre Roger Walton. Fiquei pensando se o conhecia ou talvez até trabalhassem juntos. Sei que trabalha com finanças, mas não me lembro exatamente o que você faz.

Fred suspirou. — Fiquei sabendo sobre o coitado do Roger. E sim, trabalho nesse mesmo escritório. O novo chefe de polícia nos fez um monte de perguntas. Conheci Roger muito bem, já que somos poucos no escritório. Estou surpreso que *você* o conhecesse. Roger não parecia o tipo de cara que frequentava a biblioteca. Pelo menos, nunca o vi por aqui.

— Não o conheci. Um dos clientes da biblioteca era parente dele e nos marcou um encontro às cegas.

Fred ficou em silêncio por um momento e depois balançou a cabeça. — Não consigo ver vocês dois juntos. Sem querer falar mal dos mortos, mas não teria dado certo.

— Quanto mais descubro a respeito de Roger, mais tenho que concordar com você. Infelizmente, fui eu que encontrei... foi na noite do nosso encontro.

Fred estremeceu. — Que pesadelo.

— Foi mesmo, ainda que eu não o conhecesse. Um amigo meu pode ser considerado suspeito e eu gostaria de ajudar a retirar o nome dele da lista.

— Posso tentar lhe ajudar. O que quer saber?

— Em primeiro lugar, ouvi dizer que ele deu um mau conselho a um investidor.

Fred riu. — Eu diria que ele deu muito mais do que um mau conselho.

— Roger era ruim no trabalho?

— Não necessariamente. Quero dizer, *eu* também dei orientações ruins. Fazemos o melhor que podemos com previsões para diferentes ações ou fundos, mas não somos videntes. Não temos ideia se o mercado vai quebrar, sofrer um revés ou algo do tipo. Não estou dizendo que Roger não fez um bom trabalho. Houve muito *mais* investidores que ficaram satisfeitos com as orientações e obtiveram lucros constantes.

— Houve um cliente em particular que ficou bastante insatisfeito.

Fred considerou por um momento, balançando a cabeça. — Acho que me lembro desse caso. Um senhor, não é? Ele veio ao escritório e deixou Roger investir tudo. Em mais de uma ocasião, acredito.

— Sou amiga do cliente. Ele acredita que Roger o arruinou quase de propósito. Que não o aconselhou da forma adequada ou foi imprudente.

Fred bufou. — Desculpe, mas isso não é verdade. Foi uma flutuação do mercado, apenas isso. Presumo que ele perdeu muito dinheiro.

— Muito.

— Roger não deveria tê-lo feito colocar todos os ovos na mesma cesta, não importa o que acontecesse. Principalmente sendo um cliente de mais idade.

— Soube o que aconteceu com Mary Hughes?

— Ouvi no rádio esta manhã. Horrível. Não consigo acreditar. Estão achando que foi assalto?

— Não. Não há nada de valor no local. Parece ter sido ser um ataque direto a Mary.

Fred suspirou. — Mary era uma pessoa difícil de se conviver, mas eu gostava dela. Vivia dizendo que estava levando a pior no escritório e sendo excluída por ser mulher.

— E estava?

— Não. Estava sendo excluída por ser uma pessoa difícil. Mary era superinteligente e tinha um bom histórico de investimentos, mas era irritante. E também gostava de fofocar. Eu sempre tomava cuidado para não dar nenhum telefonema pessoal que ela pudesse ouvir. Caso contrário, estaria correndo o risco de Mary me entregar um cartão assinado por todos no escritório, dizendo que esperavam que minha mãe se recuperasse logo. Esse tipo de coisa. Sei que ela tinha boas intenções, mas não gostava da ideia de tê-la por perto ouvindo minhas conversas.

— Havia algum outro motivo que fazia Mary se sentir excluída? Como Roger, por exemplo?

Fred sorriu. — Você *está* investigando. O que mais poderia se esperar de uma bibliotecária de referência? Tem razão, Roger conseguiu a promoção que Mary achava que merecia. E, verdade seja dita, Mary merecia essa promoção. Roger *também* era difícil de trabalhar. Mary estava lá há mais tempo e tinha um histórico melhor do que Roger.

— Pode me dar um motivo por Mary não ter conseguido a promoção?

— Roger inventou uma história maluca sobre Mary. Não sei ao certo o que foi, mas poderia ter sido qualquer coisa, como por exemplo, ela estar acessando arquivos confidenciais. Roubando? Seja o que for, não só impediu Mary de receber a merecida promoção, mas também resultou na sua demissão da empresa, que por sinal, ela *não* aceitou bem. Na verdade, pensei que Mary poderia ter matado Roger, mas agora não faz sentido já que ela também foi assassinada.

Olhei para o relógio. — Se pretende terminar todo esse trabalho, é melhor deixá-lo começar. Obrigada, Fred. Já ajudou bastante.

Comecei a me afastar e Fred deu um pequeno grito, o que me fez virar. Ele estava olhando para Fitz com uma expressão de espanto no rosto. — Um gato! — disse, no mesmo tom que alguém usaria para dizer 'um babuíno'. Fitz estava roçando a pata na calça de Fred e se enrolando em suas pernas.

— Desculpe. Adquirimos um gato desde a última vez em que esteve aqui. Não gosta de gatos?

— Gosto. Amo animais. Apenas fiquei surpreso, só isso. Gatinho, gatinho? — Ele estendeu a mão hesitante e Fitz pulou na mesa para se enroscar ao lado do laptop.

Sorri quando vi Fred se tornar a última vítima dos encantos de Fitz.

A hora seguinte foi consumida por um cliente que tentava localizar alguns parentes e não tinha computador em casa. A tarefa foi mais difícil do que parecia porque o sobrenome das pessoas era Smith. Felizmente, tive sorte e ela foi embora satisfeita.

Luna se aproximou da minha mesa e gesticulou para que eu a seguisse. Em seguida, vi Fitz na área infantil, esparramado no colo de uma criança que estava lendo para ele.

— Esse gato não é de verdade! Já ouvi falar de crianças lendo para cachorros, mas para *gatos?*

— Precisamos tirar fotos.

— Sim, porque ninguém vai acreditar quando contarmos — murmurou Luna.

Wilson se aproximou para ver o que estávamos olhando e seu rosto se iluminou ao ver Fitz e o menino com o livro. — Isso marketing gratuito! Ann, precisa tirar fotos quando presenciar cenas como essa. Precisamos de conteúdo que mantenha nossa comunidade engajada.

— Fitz já era um sucesso nas redes sociais quando iniciamos o concurso de nomes. Agora que as pessoas o conheceram, é bom continuar postando as atividades dele na biblioteca.

— Ótimo. Tenho uma grande preocupação e estou aberto a ideias sobre como lidar com a situação — disse Wilson.

— Estou passando aspirador algumas vezes por dia — me apressei em dizer.

— Não estou me referindo a alergias. Estou preocupado com a questão financeira.

— Ah, sim. Quem está pagando por tudo isso? — perguntou Luna.

— Pagando por tudo o quê? — Fiz uma careta.

— A ração, a areia da caixa higiênica, entre outras coisas. Fitz parece ser o tipo de gato que tem um apetite voraz — continuou Luna.

Olhei para o gato que agora lambia uma das patas e levantava as orelhas enquanto a criança lia *Thomas the Tank*. — Um cliente trouxe várias coisas que precisávamos de imediato, embora você esteja certa, eu não pensei em um plano a longo prazo para as despesas.

— Alguma sugestão? — perguntou Wilson.

— Que tal um calendário? — Eu ainda estava pensando nas fotos que Wilson pediu para as redes sociais.

— O quê? Um calendário? — perguntou Wilson, intrigado.

— É perfeito! Tiramos fotos fofas do gato e as transformamos em um calendário. É fácil e não deve ser caro. Talvez possamos até conseguir que a gráfica dê um desconto à biblioteca ou até mesmo não cobre pelo serviço se colocarmos um anúncio no verso. Depois podemos usá-lo para arrecadar fundos para comprar os suprimentos do Fitz.

— Mas não estamos no fim do ano — disse Wilson, ainda intrigado.

— Poderíamos fazer um calendário de quinze meses ou algo semelhante — sugeriu Luna, encolhendo os ombros. — Se conheço esse gato, e estou começando a pensar que sim, então haverá pelo menos quinze oportunidades de tirar uma foto adorável dele.

Wilson estalou os dedos. — Muito bem, vocês me convenceram. Acho que é uma grande ideia. Vamos fazer acontecer. — E com esse decreto, ele saiu apressado da sala.

— Mudando de assunto, tenho outra pergunta. Quem é aquele cara? Ele está sempre aqui.

Olhei para a seção adulta da biblioteca perto da lareira. Havia um homem lá, um idoso de terno lendo o *The New York Times*. Felizmente, ele segurava o jornal de modo que eu pudesse ver seu rosto, a maior parte coberto por enormes óculos que lhe davam uma aparência de coruja. — É Linus Truman.

— O homem vem aqui *todos* os dias. E passa maior parte do dia lendo.

— Ele faz isso há anos. Sempre bem vestido. Se tentar falar com ele, receberá um pequeno sorriso e um grunhido educado. Ele segue um padrão. Começa no jornal local e termina no *The Times*. Nesse meio tempo, lê ficção, quase sempre clássicos, depois não-ficção, geralmente biografias. Sai ao meio-dia em ponto para almoçar e volta quarenta e cinco minutos depois.

Luna olhou para Linus com os olhos semicerrados. — Estou meio fascinada por ele.

— Está? — perguntei, em dúvida. Então percebi que tinha ficado imune à fascinação por Linus porque ele era uma presença constante. Seguia a mesma rotina todos os dias e não falava com os bibliotecários. Respeitávamos isso porque era óbvio que ele queria ficar sozinho.

— Tudo o que posso dizer é que se eu quisesse informações sobre alguma coisa, ele seria o cara que eu procuraria — disse Luna com a voz decidida. — Pense nisso: ele lê o *dia todo*. Somos bibliotecárias e mal conseguimos ler duante o dia.

Na verdade, eu já havia considerado essa hipótese. Por vários motivos, eu tinha muita inveja de Linus Truman. Adoraria não fazer nada além de ler o dia inteiro na biblioteca. Sempre que tinha algum tempo, eu lia algumas páginas da minha leitura atual, o que geralmente acontecia nos intervalos e no horário do almoço. Mas *o dia todo?* Esse era um luxo não acessível a pessoas de trinta e poucos anos.

— Qual é a história dele?

— História? Acho que a história é que ele passa todos os dias, o dia inteiro, lendo em silêncio na biblioteca.

— Sim, mas por quê? Ele tem família? Está tentando entrar no Livro dos Recordes pelo número de livros lidos em um ano ou na vida toda? O que pensa a respeito de tudo o que lê?

— Não tenho a menor ideia. Linus não conversa comigo, embora seja educado. A única razão pela qual sei o nome dele é por causa do cartão da biblioteca.

— Ann, este é outro mistério. Precisamos descobrir mais coisas a respeito de Linus. — disse Luna, apontando o dedo na minha direção.

Bufei. — Não acho que Linus Truman tenha algo a ver com Roger ou Mary. E não sei se tenho tempo para investigar mais alguma coisa. — Fiz uma pausa. — Embora eu suspeite fortemente que foi ele quem deixou um bilhete anônimo dizendo que os gatos pertenciam a Elsie Brennon. Ele não queria me *dizer* pessoalmente, então, em vez disso, escreveu um bilhete. Mas tenho certeza que foi ele.

Congelei. Bilhetes anônimos. Certamente, Linus não teria ligação com o último bilhete que recebi. Olhei-o mais uma vez, impecável em seu terno e balancei a cabeça. Ele não poderia ter feito aquilo.

— Vou me apresentar. Afinal, é a melhor coisa a fazer, já que sou nova por aqui, não acha?

Olhei para Linus, de terno e gravata e sapatos cuidadosamente engraxados e depois para Luna com seus piercings, tatuagens e gosto questionável para roupas. Os dois não poderiam ser mais diferentes. — Boa sorte. Como disse, ele faz de tudo para ser reservado. Eu o vi ignorar outros clientes. Ele é muito bom em manter as pessoas afastadas.

— É exatamente por isso que sou perfeita para esta tarefa. Ele vai perceber que sou nova na biblioteca e que não percebi que ele é um solitário convicto. É muito difícil ferir meus sentimentos. Além disso, parte do meu trabalho é me apresentar aos clientes, certo?

Asssenti com a cabeça.

— Vou falar com ele agora.

Não pude deixar de assistir. Foi como ver um acidente de trem acontecer em tempo real. Admito que estava curiosa para saber como Linus reagiria a essa intrusão. Àquela altura, todos o deixavam sozinho com sua rotina de entretenimento. Fitz ainda não tinha aparecido, provavelmente porque estava muito entretido com as crianças na seção infantil.

Luna se jogou em uma poltrona em frente a Linus, que a olhou surpreso, enrijecendo um pouco a postura. Então, ela estendeu a mão e Linus apertou-a com certa relutância. Luna se recostou e iniciou uma conversa animada enquanto Linus a olhava com espanto. Foi quando um cliente apareceu e me perguntou se eu podia ajudá-lo a encontrar informações sobre os distritos escolares do estado para onde estavam prestes a se mudar.

Algum tempo depois, Luna se aproximou enquanto eu retirava alguns livros solicitados da estante e disse: — Ele é um amor!

— Presumo que esteja falando do gato. Linus parece ser tudo *menos* um amor.

— Ele passou por momentos difíceis, apenas isso. E disse que quando se aposentou queria manter uma rotina.

— Vir à biblioteca todos os dias se qualifica para esse objetivo.

— Não começou dessa forma. Ele e a esposa se mudaram de outra cidade e criaram a *própria* rotina. Liam jornais pela manhã e faziam jardinagem antes do almoço. À tarde montavam quebra-cabeças comendo sanduíches. E assim por diante. Mas então a esposa morreu de forma inesperada e desde então, ele tem tentado encontrar um caminho.

Suspirei. — Agora me sinto mal por não ter me esforçado mais para conhecê-lo.

— Mas eu a vi conversando com clientes. Você é ótima com todos, sempre amigável e prestativa. Tenho certeza que tentou se aproximar dele.

— Suponho que algumas vezes consegui obter uma palavra ou um gesto de retribuição para *bom dia*. Depois disso, apenas sorri quando o via. Ele meio que se tornou uma presença constante na biblioteca, tanto no balcão de circulação quanto na sala de informática.

— Bem, agora você pode vê-lo de forma diferente. Como um recurso.

— Recurso? Para quê?

— Para *qualquer coisa*. Esse cara lê o dia inteiro.

Capítulo Quinze

Era a minha vez de fechar a biblioteca naquela noite. Nunca me importei com isso. Há algo de bom em estar sozinha com toneladas de livros como companhia. E agora, claro, com Fitz, que também parecia cansado, apesar de todos os cochilos que tirou durante o dia no colo de vários clientes. Agora ele estava encolhido na cama com o rabo perto no nariz. Acariciei-o por alguns segundos e o ouvi ronronar profundamente enquanto ele abria um olho antes de voltar a fechá-lo.

Hoje, porém, um arrepio de medo me atingiu igual ao que senti na minha casa ontem à noite. Dei de ombros, irritada. Eu poderia ficar trancada em casa, vinte e quatro horas por dia, mas que tipo de vida seria? Não podia permitir que o autor do bilhete me fizesse ficar apavorada e com medo de viver.

Estava fazendo uma ronda rápida para ter certeza de que tudo estava em ordem antes de apagar as luzes quando encontrei um cliente dormindo na área de leitura silenciosa, com uma pilha de livros à sua frente. Tossi de leve algumas vezes, e depois mais alto e mais grave quando ele continuou a roncar. Ele acordou assustado e juntou os livros, deixando cair um ou dois no chão ao sair em pânico. Continuei a ronda, agora mais atenta, esperando não descobrir mais ninguém escondido. Em seguida, passei o aspirador rapidamente em busca de pelos de gato. Fitz, embora não fosse um grande fã do aparelho, pareceu aceitar o barulho com serenidade. Tranquei as portas e apaguei as luzes.

Quando entrei no carro, revisei as opções de refeição em casa, que não eram das melhores. Havia sobras de salada de alguns dias atrás, macarrão com queijo do almoço do dia anterior e alguns ingredientes para sanduíches, que havia sido meu almoço de hoje. Decidi fazer uma extravagância e sair para jantar. Não foram as semanas mais fáceis e eu estava dentro do meu orçamento alimentar... com exceção da comida chinesa que levei para o jantar com Nathan.

Eu já havia decidido onde ir. Heather, a irmã de Roger, era garçonete, e me lembrei de já tê-la visto em um determinado restaurante antes. O Quittin' Time não era exatamente alta gastronomia, mas oferecia uma boa comida com a possibilidade de escolher uma carne e três acompanhamentos por um preço razoável. Além disso, eu queria questioná-la sobre o fato de ter sido vista na casa de Roger na tarde de sexta-feira.

O Quittin' Time existia há décadas. Era um restaurante familiar que estava na terceira geração de administração. Embora o piso de linóleo já tivesse visto dias melhores e o revestimento que cobria os assentos estivesse rasgado em alguns pontos, o local estava sempre limpo de forma impecável e o atendimento costumava ser rápido e os funcionários atenciosos. E, mesmo que Heather não estivesse trabalhando, eu ainda seria capaz de sair satisfeita e ainda trazer algumas sobras para outra refeição.

A recepcionista me acomodou em uma mesa e me entregou um cardápio antigo plastificado. Quando a garçonete apareceu, não tive como conter um sorriso. Era Heather Walton. O restaurante não estava tão movimentado como de costume, então eu teria uma chance de falar com ela.

Heather me cumprimentou surpresa. — Olá! Não esperava vê-la por aqui.

— Prefiro almoçar, embora às vezes eu apareça para jantar. — Fiz uma pausa e acrescentei, depois de pensar um pouco: — Não como fora com tanta frequência, mas de vez em quando me permito esse luxo.

— Entendo. Como vão as coisas? Você está bem depois de tudo o que aconteceu?

— Estou. Mas e *você*? Não sei quanto tempo leva. . . bem, para a polícia liberar o corpo. Haverá um funeral para Roger? Eu gostaria de comparecer.

Heather abriu um enorme sorriso. — É muita gentileza da sua parte! Você nem o conhecia de fato. A polícia já terminou, mas só liberaram o corpo ontem. Roger sempre disse que queria ser cremado, então vamos agir de acordo com o desejo dele.

— É bom que ele tenha declarado quais *eram* seus desejos. Muitas pessoas, principalmente os jovens, não costumam fazer isso.

— É verdade. Ele estava apenas falando de modo casual, pois não tinha ideia de que estaríamos nesta posição. — Ela piscou para conter as lágrimas. — Desculpe. Ainda fico emocionada. Quero dizer, ele não era a pessoa mais fácil de lidar, mas não merecia isso. Era muito jovem, não era a hora dele. De qualquer forma, minha mãe e eu vamos planejar um memorial, mas pode demorar um pouco. Talvez no fim de semana do Dia do Trabalho ou algo assim. Queremos escolher uma data em que mais membros da família da minha mãe possam comparecer.

— E como você está lidando com tudo? E sua mãe?

Heather deu de ombros. — Mamãe está bem, eu acho, embora tenha sido difícil. Talvez por já ter mais idade, esteja acostumada a se despedir de amigos e familiares. Para mim, porém, é estranho. Na maior parte do tempo estou bem e tão ocupada que nem tenho tempo para pensar no meu irmão. Mas às vezes, do nada, começo a chorar. Outro dia estava no supermercado e vi uma marca de cereal que Roger e eu adorávamos quando éramos crianças. Sempre brigamos por causa daquele cereal! Ele sempre queria comer a última porção — disse ela, os olhos marejados ao recordar da infância.

— Acho que o luto é assim mesmo. Às vezes, nos pega de surpresa em determinados momentos. — Fiz uma pausa e perguntei com cautela: — Viver em uma cidade pequena às vezes é muito difícil. Detesto tocar no assunto, mas achei que poderia estar interessada em saber que alguém mencionou que você foi vista na casa do seu irmão na sexta-feira à tarde.

Heather pareceu assustada e depois bufou. — Isso não deveria me surpreender. Todos sabem de tudo o que acontece em uma cidade pequena. Sim, eu estava lá. Não queria contar aos policiais porque imaginei que atribuiriam a culpa a mim e eu não fiz nada. Sou a única cuidadora da minha mãe e não queria ser presa. Estive lá para lembrá-lo que o aniversário da nossa mãe seria nos próximos dias e que ela queria vê-lo.

— E ele estava em casa?

— Não. Nunca sequer atendia a porta. E eu sabia que não deveria ligar e deixar uma mensagem, pois ele nunca retornava.

Acho que não queria se aborrecer ou ter que mudar seus compromissos por causa da família.

— É por isso que você estava passando pela casa dele de novo quando eu a vi? Para tentar lembrá-lo do aniversário da sua mãe?

— Isso mesmo. Achei que a polícia não entenderia. — Heather olhou ao redor para se certificar de que nenhum dos clientes precisava de água ou estava querendo pedir a conta.

— Soube o que aconteceu com Mary Hughes?

Heather arregalou os olhos. — Sim. Os policiais também conversaram comigo sobre isso. Sinto muito pelo que aconteceu, embora eu não conhecesse Mary.

— Você nunca a encontrou?

— Não. — Heather balançou a cabeça, desviando o olhar. De certa forma, não acreditei nela. — E contei a verdade à polícia. Que eu não conhecia Mary e que estava em casa dormindo quando ela foi assassinada porque trabalhei até tarde na noite anterior e tive que fechar o restaurante. |Gostaria de ter alguma suspeita de quem pode ter matado Mary, mas não faço ideia. Afinal, como disse, eu não a conhecia. — Ela fez uma pausa. — Já decidiu o que vai pedir?

Decidi pedir hambúrguer com batatas fritas. Em um local como o Quittin' Time, o melhor era optar pelas especialidades da casa.

Mais tarde, quando voltei para casa, suspirei de alívio por estar ali em segurança. Guardei a sacola de comida na geladeira, imaginando que poderia comer no almoço do dia seguinte. Os hambúrgueres do Quittin' Time eram do tamanho de panquecas gigantes.

Embora nunca tenha achado a biblioteca um ambiente estressante, aprendi que era bom ter limites sobre o que constituía a vida pessoal e o trabalho. Coloquei um jazz suave para tocar e me lembrar que era hora de relaxar. Em seguida servi uma taça de vinho e peguei meu livro. Finalmente, tive a oportunidade de terminar *O Alquimista*. Achei que teria terminado a leitura há dias, o que mostra o quão loucos foram os últimos dias.

Finalizei o livro e peguei o computador para acessar registrar minas opiniões sobre o livro enquanto a leitura estava fresca em minha mente. Eu gostava de ler vários gêneros porque os clientes sempre me perguntavam sobre os livros que eu tinha lido recentemente. Como sempre, percebi de forma irônica, que minha nerdice em relação aos livros era provavelmente outra razão pela qual eu não estava em um relacionamento. Às vezes eu sentia que estava em uma relação tão importante com os livros que não havia espaço para mais nada.

O único problema era que eu não tinha nenhum livro que pudesse começar a ler imediatamente. Então me lembrei que o motivo pelo qual não fiz isso foi porque planejei ler um lançamento. Ouvi alguns podcasts para leitores e fiz anotações sobre diferentes opções, fazendo uma lista de livros para consultar no dia seguinte.

Olhei para o meu relógio e me assustei ao ver a hora. Como já passava da meia-noite? Aquilo me chocou o suficiente para me apressar em me preparar para dormir. Acho que acabei perdendo a noção do tempo, considerando que tive que fechar a biblioteca naquela noite. Eu não tinha olhado para a hora desde que saí de lá e tive a sensação de que me arrependeria na manhá seguinte. E me arrependi antes disso, quando os pesadelos me acordaram outra vez.

Quando o alarme tocou, acordei sonolenta. Apesar de tudo, reservei um tempo para me alongar por alguns minutos. Tomei banho e me vesti muito rápido para poder tomar um café da manhã decente em vez de comer apenas uma barra de cereal. Felizmente, tive tempo suficiente para fazer um sanduíche de abacate, molho Ranch, ovo cozido fatiado e algumas fatias finas de queijo provolone. Nos minutos finais, peguei as sobras do jantar e uma banana. Era uma combinação estranha, mas pelo menos eu não ficaria com fome.

Consegui chegar à biblioteca no horário, mas senti que estava atrasada porque sempre chegava cedo demais. Acabei entrando com alguns clientes que aguardavam o horário da abertura ao público.

— Noite agitada? — murmurou Wilson, erguendo uma sobrancelha.

Bufei. — Sim, mas não é o que está pensando. A madrugada longa se resumiu a terminar um livro e encontrar outro para começar.

— Que emocionante — disse ele, em tom irônico.

Fiquei surpresa ao ver que meu famoso cliente, Linus Truman, estava entrando na biblioteca junto comigo. Ele costumava chegar um pouco mais tarde pela manhã. Talvez Luna o tivesse feito refletir e ele estivesse abandonando a rotina.

Um minuto depois, fiquei ainda mais surpresa quando ele retribuiu meu cumprimento de *bom dia*. Observei-o se acomodar em seu lugar habitual com os jornais e foi bom ver que nem tudo estava completamente virado de cabeça para baixo.

Luna chegou bem cedo naquela manhã, acompanhada da mãe. Cumprimentei a senhora, que me deu um sorriso tenso em resposta enquanto empurrava o andador à sua frente.

Ela acomodou a mãe nas poltornas confortáveis da seção de periódicos. Em seguida, foi até as revistas e olhou para por alguns momentos antes de pegar algumas e colocá-las na mesa ao lado da poltrona. Depois ligou o laptop e o celular e entregou à mãe o tricô no qual a senhora estava trabalhando.

— Misericórdia! — disse a Sra. Macon, em tom seco. — Não preciso de tantas coisas para me ocupar quanto você pensa! Eu disse que vou ficar aqui por pouco tempo.

A voz de Luna era surpreendentemente calma: — Eu sei, mamãe. Só quero ter certeza de que a senhora está confortável e que tem tudo ao seu alcance. Se precisar de algo, basta me mandar uma mensagem. Não tente se levantar e ir até a seção infantil. Estarei aqui em alguns segundos.

— Tenho certeza de que ficarei bem — disse a mãe, pegando o tricô de modo incisivo.

Luna se aproximou de mim e disse em voz baixa: — Ela está parecendo urso esta manhã, mas consegui trazê-la até aqui.

— Que bom — respondi com fervor. — Talvez uma mudança de cenário lhe faça bem.

— Mal não vai fazer — disse Luna, e em seguida fez uma pausa. — A menos que esteja tão infeliz que decida nunca mais sair de casa.

— Acho que isso não vai acontecer. Chegou a mencionar o cineclube?

Luna fez uma careta. — Sim, e a resposta dela foi um *bufo*. Ficarei surpresa se ela aparecer, mas informei a hora e o local, só para garantir.

Um pouco mais tarde naquela manhã, meu antigo professor, Nathan, entrou na biblioteca e veio até a minha mesa.

— Que bom vê-lo esta manhã, Nathan — disse, sorrindo.

Ele sorriu de volta. — Pensei em dar uma olhada em alguns livros sobre jardinagem. Vou expandir meu jardim e queria algumas ideias.

— É difícil imaginar que não saiba tudo sobre jardinagem. — Nathan havia cultivado um belo jardim em sua casa, com lindos arbustos, flores e inclusive uma horta. Sua esposa também era uma entusiasta da jardinagem. — Na verdade, *eu* ia lhe fazer algumas perguntas sobre o que adicionar ao jardim. Tudo o que tenho feito ultimamente é remover ervas daninhas e regar as plantas. Minha tia-avó era um gênio em jardinagem e não quero destruir seu legado.

— Pelo que vi, acho que você está fazendo um ótimo trabalho mantendo as plantas em bom estado. Que tal se eu passar por lá um dia e dar uma olhada? Não consigo lembrar o que tem plantado e o quanto dispõe de sol e sombra — ofereceu ele.

— Parece uma ótima ideia. Será muito útil. Vou ficar lhe devendo algo em troca.

— Não, estamos empatados. Lembra que você pagou pela comida chinesa outro dia?

— De alguma forma, não acho que esteja equilibrado, mas obrigada.

Esperava que Nathan se despedisse de forma amigável e fosse até as estantes para encontrar os livros. Mas ele hesitou.

— Mais alguma coisa que esteja procurando?

— Estou curioso para saber como anda o caso. Tem falado com o chefe Edison? Quanto mais penso em Roger, mais sinto pena do rapaz.

— Sente pena? Depois do que aconteceu? — perguntei, desconfiada.

— Sim, mas vamos encarar os fatos: eu poderia ter analisado aquele invesimento um pouco mais antes de aplicar o dinheiro. E também não precisava ser um idiota tão confiante. Além disso, ele era um jovem com toda a vida pela frente. O que aconteceu com foi uma coisa horrível.

— Os dias têm sido bem loucos. Recebi uma carta na biblioteca, me alertando para não bisbilhotar a morte de Roger.

— O quê? — Nathan ergueu as sobranchelhas, chocado com a ideia de alguém me ameaçando.

Contei a ele o conteúdo da carta. — Não me incomodou, a não ser pelo fato de alguém pensar que eu poderia ser perigosa. — Nathan ainda parecia preocupado, então acrescentei: — Além disso, acabei de fazer aquele curso de autodefesa do chefe da polícia.

— Bem, isso me deixa um *pouco* aliviado.

Contei a ele um pouco do que havíamos aprendido. — A aula foi um sucesso. Não tinha certeza de quantos participantes teríamos, já que Whitby parece um lugar tão pequeno e seguro. Mas tivemos o suficiente para solicitar outra aula ao chefe.

— Talvez o fato de ter havido um assassinato aqui tenha aumentado o número de inscrições.

— É verdade. E agora que houveram *dois* assassinatos... —
Vi o olhar de surpresa de Nathan e acrescentei: — Ah, você não
sabia de Mary.

— Mary *Hughes?* Não pode ser. Estávamos conversando a
respeito dela.

Capítulo Dezesseis

Infelizmente. Burton confirmou que foi assassinato.

— Por que alguém faria uma coisa dessas? Poderia ser uma coincidência? Será que havia alguém que quisesse acabar com ela e escolheu esse momento aleatório?

— Parece que de alguma forma está relacionado à morte de Roger. Só consigo pensar que ela sabia algo a respeito de quem poderia ser o responsável pelo assassinato.

— E tentou chantagear essa pessoa?

— É o que estou pensando. Uma mulher que trabalhava com Mary me contou que ela havia passado por uma fase difícil. Financeiramente. Pode ser que tenha tentado usar o que viu ou sabia para pressionar alguém a lhe dar dinheiro.

— E essa pessoa achou que seria mais conveniente se livrar dela do que pagar pelo silêncio.

— E continuar sendo chantageado com o passar do tempo.

— Ann, isso é sério. Alguém está se sentindo ameaçado.

— Talvez isso signifique que estou me aproximando da verdade. Assim como minha mentora, Nancy Drew.

— Não quero que se machuque — disse Nathan, com um tom de voz que eu nunca tinha ouvido antes. Estou falando sério. Acho que você deveria desistir. Está deixando de ser um enigma e ficando cada vez mais perigoso. Você foi ameaçada. E outra pessoa perdeu a vida.

Apertei a mão de Nathan. — Obrigado por se preocupar comigo. Prometo não fazer nada arriscado. Você sabe o quanto valorizo minha própria segurança. Só estou fazendo algumas perguntas.

Nathan suspirou. — Não pensei que faria *algo* arriscado. Você é uma bibliotecária. É inteligente demais para fazer alguma burrice. — Ele fez uma pausa. — Se insiste em continuar a fazer perguntas, vou lhe contar o que *eu* estava fazendo no momento em que Mary foi assassinada.

— O que você estava fazendo? — perguntei, sem esperar pela resposta. Ele sorriu e senti uma sensação de alívio.

— Pergunta capciosa, certo? Não *sei* o horário em que Mary foi assassinada porque você não me contou e eu não sabia da morte dela.

— Foi de manhã bem cedo. Mary foi morta onde trabalhava, no salão de bronzeamento da cidade.

Nathan disse com um brilho nos olhos: — Em primeiro lugar, acho que alguém notaria se eu entrasse em um salão de bronzeamento. Não me encaixo no perfil de clientes habituais — disse Nathan, com um brilho no olhar.

— Tem razão.

— Não tenho um bom álibi, pois não imaginei que precisaria de um. É provável que estivesse comendo cereal ou passeando com o Sr. Henry — continuou Nathan, pensativo.

— É bem possível mesmo — concordei.

— Eu não conhecia Mary, e ela não teve nada a ver com meu aconselhamento financeiro. Nunca esteve familiarizada com a minha conta. Simplesmente não há razão para eu querer assassiná-la.

— E ela nunca tentou lhe chantagear?

Nathan enrubesceu um pouco e depois acrescentou com tristeza: — Boa pergunta. Acho que era nessa direção que estávamos indo, não é mesmo? Que ela sabia algo sobre o assassino. Não, eu não tive nenhuma reunião secreta com Mary na qual ela tenha tentado me chantagear. — Ele fez uma pausa. — Porém sei *algo* sobre Mary que pode ser interessante.

— O que é?

— Na verdade, é sobre Heather, a irmã de Roger.

Ergui a sobrancelha de modo interrogativo. — Eu não sabia que vocês se conheciam.

— Não se trata de nos *conhecermos*. Nos encontramos quando eu estava passeando com o Sr. Henry. Sou uma criatura de hábitos e aparentemente Heather está com uma agenda apertada. Eu a via todos os dias quando estava passeando com o Sr. Henry. Conversamos um pouco sobre como o filho dela é bonito, esse tipo de coisa.

— Como descobriu a conexão dela com Roger? — perguntei, curiosa. É o tipo de assunto que não parece surgir em uma conversa casual.

— Na verdade, eu *não* sabia dessa ligação há muito tempo. Então um dia vi Roger saindo do carro e abordando Heather quando ela estava prestes a sair para o trabalho. Estava planejando falar com ela no dia seguinte, pois imaginei que fosse um namorado ou algo assim. Pensei em avisá-la que ele era não era uma boa pessoa.

— E você fez isso? Aposto que deve ter sido estranho.

— Por sorte, Heather me deu uma dica antes que o assunto fosse longe demais. Na manhã seguinte eu disse algo como: 'Era Roger Walton quem esteve aqui ontem?'. Ela rapidamente fez uma careta e respondeu: 'Sim, ele é meu irmão.' E então consegui abrir um sorriso agradável e dizer que não sabia que os dois eram parentes e que conhecia Roger por causa do trabalho dele.

— E como Heather se encaixa na morte de Mary?

Nathan se apressou em dizer: — Não sei se tem alguma relação, mas *vi* Mary na casa de Heather há poucos dias. Henry e eu nos atrasamos alguns minutos porque ele encontrou algo interessante para farejar e eu não queria arrastá-lo de volta para casa.

— O que você viu?

— Heather parecia zangada — disse Nathan, dando de ombros. — Agora sinto como se a estivesse sendo injusto, mas Mary estava com uma expressão de satisfação no rosto e Heather estava vermelha de raiva. Parecia estar à beira das lágrimas, então não acenei ou tentei me aproximar. Não sei o que estava acontecendo. E não diria que as duas se conheciam. Infelizmente, essas são as informações que possuo. Não faço ideia do que estavam falando.

Hesitei por um momento e disse: — Nathan, preciso lhe perguntar uma coisa. Quando falei com Mary no salão, ela mencionou que você ficou *muito* chateado com o golpe financeiro que sofreu por causa dos aconselhamentos de Roger.

Nathan suspirou. — É verdade. Não fiquei *feliz*, isso é fato.

— Mary disse que você explodiu. — Fiz uma pausa. — O comentário me surpreendeu porque me lembro de como você era calmo na sala de aula. Não importa o que estivesse acontecendo, você sempre foi capaz de manter a calma.

— É uma situação diferente. Era o meu trabalho, e durante anos me esforcei para manter a serenidade, mesmo quando um aluno me provocava. Receio que paciência não seja uma das minhas virtudes. Passei a maior parte da minha vida tentando me tornar uma pessoa mais paciente. Embora esteja orgulhoso de ter conseguido isso na vida profissional, ainda estou tentando levar nível pessoal. Temo que, a esta altura da vida, seja uma causa perdida.

— Eu nem sabia que você tinha um temperamento explosivo. Deve estar fazendo um trabalho melhor do que imagina.

Com um timing perfeito, Fitz pulou no balcão na minha frente, ronronou e encarou Nathan com seus olhos verdes.

Nathan riu. — Este deve ser o jovem de quem estava me contando. Fitz?

Ele estendeu a mão e Fitz ergueu o queixo para se permitir ser acariciado.

— Ele está ficando mimado demais — disse, com tristeza. — Mas não costuma agir assim. É um doce.

— Como ele está se adaptando?

— Como se morasse aqui desde sempre. Como se estivesse em casa. Ele não tenta sair quando as portas se abrem, é amigável com todos, mas também não parece tentar forçar a atenção a pessoas que não estão interessadas. E tem sido incrível na seção infantil. Luna disse que havia crianças lendo para ele enquanto ele ronronava no colo delas. — De repente, estalei os dedos. —

Acho que eu deveria aproveitar esses momentos adoráveis e tirar fotos.

— Para postar na internet? — Nathan esfregou as costas de Fitz e o gato retribuiu com um olhar amoroso.

— A maioria será para um calendário. Com o objetivo de arrecadar de fundos para gastos com cuidados e alimentação de Fitz.

— Hoje cedo vi algo que você deveria dar uma olhada — disse Nathan, pegando o celular.

Ele mexeu no telefone por cerca de um minuto antes de entregá-lo a mim. Era uma das redes sociais da biblioteca e havia pessoas comentando em nossa última postagem, a que tinha a foto de um de nossos computadores e promovia uma aula básica de informática. Os comentários foram do tipo 'onde está Fitz nessas fotos?'.

— A boa notícia é que Fitz é popular. A má notícia é que fotos somente de computadores não vão mais servir — disse, rindo.

— Pense nisso como uma forma de garantir que os eventos e cursos obtenham mais compartilhamentos. Se tivesse uma boa foto de Fitz sentado na cadeira em frente ao computador, a postagem provavelmente teria se tornado viral.

Sorrimos e a expressão de Nathan voltou a se tornar séria: —Promete que não vai correr nenhum risco?

— Prometo.

Depois que Nathan foi procurar os livros sobre jardinagem, passei os quarenta e cinco minutos seguintes seguindo Fitz. Não imaginei que demorasse tanto porque pensei que Fitz logo encontraria um local confortável para dormir.

Em vez disso, ele me fez embarcar em uma viagem inesperada que me levou até a lareira na área de leitura. Fitz rolou de costas e parecia fofo enquanto eu espalhava alguns livros ao redor dele no fundo, na área infantil onde se enroscava com uma versão robusta de *Clifford, o Grande Cachorro Vermelho* e ronronava enquanto as crianças o acariciavam. Depois, pulou em uma prateleira da seção de não-ficção e me olhou. Corri para a sala de convivência e trouxe um brinquedo de gato que consistia em uma vara de pescar com uma pena pendurada em um barbante que Lisa, uma das mães da hora da história, havia comprado. Fitz brincou de forma adorável. Achei que teríamos material suficiente para alguns meses do calendário e também para algumas postagens nas redes sociais.

Em seguida, observei-o, aparentemente cansado de toda a fofurice, entrar na seção de periódicos. Ele se aproximou da Sra. Macon e colocou as patas na cadeira sem pular. A mãe de Luna olhou para baixo, sorrindo pela primeira vez desde que havia chegado e deu um tapinha na perna. Fitz se aninhou no colo dela e adormeceu de imediato enquanto a Sra. Macon o acariciava e fechava os olhos.

Luna se aproximou para ver como estava a mãe e eu coloquei um dedo nos lábios em sinal de silêncio, apontando para a cena.

— Ela parece tranquila — disse Luna, surpresa. — Desde que voltei para casa, seu rosto está sempre com rugas de preocupação, mesmo quando está dormindo. Fitz é um milagre. —Ela levou a mão à boca. — É melhor eu não dizer mais nada, ou pode dar azar. A propósito, estive procurando por você.

— Desculpe, estava tirando fotos de Fitz para o calendário que Wilson aprovou. O que houve?

— Estava comprando comida para mamãe e para mim quando vi algo interessante.

Fizemos uma pausa enquanto um cliente me perguntava onde estavam as fichas catalográficas. Não tínhamos isso há anos, mas ainda recebíamos pedidos. Mostrei a ela como encontrar livros no computador e voltei a me juntar a Luna. — O que você viu?

— Nosso médico local favorito também estava almoçando. Mas, outra vez, ele foi abordado por alguém da comunidade. Parece que o pobre homem não consegue ter sossego em Whitby.

— Os médicos se destacam, já que não há muitos deles por aqui. Era Kenneth Driscoll?

— Sim. Havia uma mulher, mais velha que você e mais nova que eu, tentando chamar a atenção dele.

— Como assim? De forma rude ou chamando-o pelo nome?

— De forma bem grosseira. Estava falando muito alto e não se importava com quem poderia estar se virando para olhar, como eu.

— Ela estava nervosa?

Luna sorriu, exibindo um dente de ouro. — Louca como uma galinha molhada. Disse ao nosso Dr. Driscoll que ele deveria tomar um pouco mais de cuidado ao verificar seus recados e responder aos pacientes.

— Tenho certeza que ele gostou do conselho — falei, com um sorriso nos lábios. — Qual o motivo dela estar entrando em contato com ele? Ela deu alguma pista? Talvez esperando os resultados dos exames de sangue?

Luna olhou ao redor e se inclinou para responder em voz baixa: — Parecia mais como se ela estivesse tendo um caso com o Dr. Driscoll. — Ela ergueu as sobrancelhas para dar ênfase.

Arregalei os olhos. — É mesmo? Seria difícil esconder algo assim por aqui. Sinto que todos os olhares estão voltados para o médico o tempo todo.

— Ele é casado?

— Com certeza.

— Talvez essa fosse a emoção: tentar escapar impune de algo que seria difícil manter em segredo — disse Luna, dando de os ombros.

A biblioteca estava silenciosa e fui me sentar atrás da mesa de referências. — Vou procurá-lo na internet.

Luna sorriu. — Essa é minha garota. Embora eu não ache que o caso amoroso vá aparecer no Google.

— Não. Mas se existem segredos, talvez eu não saiba muito a respeito dele. Talvez ninguém saiba. Apenas procuramos o bom e velho Dr. Driscoll sempre que temos um problema e esper-amos que seja uma pessoa comum.

— O que *você* sabe sobre ele?

— Para ser honesta? Não muito. Tudo o que sei é que ele *parece* bom no que faz. Mas que conhecimento eu tenho sobre assuntos médicos? Sem contar que ele *parece* muito arrogante. E por que não seria quando ocupa uma posição importante em uma cidade tão pequena? — perguntei, enquanto examinava os resultados online. Olhei com atenção para o computador e disse: — Isso é interessante.

— O quê? O bom médico canta karaokê bêbado em algu-mas cidades próximar? — perguntou Luna, dando uma risada.

— Não. Mas o bom doutor teve alguns processos por negligência médica. — Continuei lendo por alguns segundos. — Parece que ele teve problemas na Geórgia, saiu do estado, obteve licença na Carolina do Norte e começou a trabalhar aqui.

— Não acho que isso seja ilegal. A menos que ele tenha sido impedido de praticar medicina.

— Não estou vendo nada sobre isso. Nesse caso, *seria* ilegal. Mas pelo que vejo aqui, parece que ele já teve alguns problemas, então acredito que não iria querer se envolver em outros.

— Como um relacionamento inapropriado com uma paciente? — perguntou Luna, balançando a cabeça.

— Exatamente.

— Entendi. Preciso ir, a hora da história está prestes a começar. Apenas... isso é algo para refletirmos, não?

— Com certeza.

Naquela noite, fechei a biblioteca outra vez e entrei no meu velho Subaru. Suspirei ao ver que o ponteiro medidor de gasolina estava bem baixo. Com tudo o que estava acontecendo, o carro era uma das últimas coisas com que eu me preocupava. Mas seria um problema a mais se algo errado acontecesse com ele. Então dirigi até o posto de gasolina.

E, acreditem, Kenneth Driscoll estava lá. Parecia que ultimamente estava saindo do consultório no horário regular. Embora, para ser justa, já tivesse escurecido.

Comecei a abastecer o carro, observando enquanto ele recolocava a tampa do tanque em seu Lexus de última geração e entrava na loja de conveniência. Eu estava pensando se queria ir em frente e abordá-lo novamente depois da conversa um tanto controversa quando ele trabalhou como voluntário na biblioteca. Enquanto eu refletia, outro carro apareceu.

Uma mulher loira com um penteado artístico desceu do sedã e caminhou até o Lexus do médico. Segurando com firmeza as chaves do carro, ela posicionou a chave na lateral do carro e arranhou a tinta preta da frente até a traseira do veículo. Admirando o trabalho, ela caminhou até o outro lado do carro e repetiu o processo. — Isso vai te ensinar a não me largar — sibilou, satisfeita.

Capítulo Dezessete

Permaneci em silêncio. Aquela mulher não parecia estar com disposição para ser incomodada, e eu não tinha nenhum sentimento protetor em relação ao médico.

Sem sequer olhar para ver onde o médico estava ou se estava se aproximando, a mulher voltou para seu modesto carro e saiu em disparada.

Estremeci. Tive a sensação de que o Dr. Driscoll não ficaria muito feliz em ver aquilo. Pelo que pude perceber, ele cuidava muito bem do carro.

A porta da loja de conveniência se abriu e o médico surgiu segurando um refrigerante. Ele ficou boquiaberto ao ver o carro e depois olhou para mim.

— Não tive nada a ver com isso, mas vi quem fez — disse, erguendo as mãos.

Driscoll apertou os lábios e assentiu. Depois passou um dedo sobre a pintura danificada e destravou o carro com o chaveiro.

Peguei o celular do bolso.

— O que está fazendo?

Fiz uma careta para ele. — Ligando para o chefe Edison, é claro. Seu carro foi vandalizado. E vi quem foi o responsável.

— Não importa — Ele deu de ombros.

— *Claro* que importa!

— Não quero prestar queixa — retrucou. Então respirou fundo e voltou a falar: — Desculpe. Apenas não quero envolver a polícia, só isso. Provavelmente é alguma paciente chateada por eu não ter feito um diagnóstico correto ou algo do tipo. Talvez tenha esperado muito tempo para ser atendida no consultório ou na sala de exames. Ou ache que suas despesas médicas são muito altas.

— Eu não disse que era uma mulher. Além do mais, estava falando sozinha. Algo sobre você ter terminado com ela — acrescentei, em tom frio.

Ele congelou, me lançando um olhar gelado, e se encostou no carro danificado. — Muito bem, você me pegou. Foi um longo dia e acho que não estou raciocinando direito. — Ele olhou ao redor para ter certeza de que estávamos sozinhos. — A questão é que essa mulher e eu estávamos em um relacionamento. Ela quer que eu deixe minha esposa. Nunca dei qualquer indicação de que queria me separar ou que tinha essa intenção. E... ela não vai desistir.

— Ela está te perseguindo?

— Mais ou menos. Estamos no ponto em que ela começa a passar pela frente da minha casa ou sentar do lado de fora. Nosso relacionamento foi um erro e não quero que minha esposa descubra. Isso a deixaria magoada e angustiada e não há razão para que ela saiba. — Suas palavras soaram superficiais, como se tivessem sido ensaiadas ou planejadas para dar uma desculpa para a amante... ou ambas as coisas.

— E Roger Walton sabia do relacionamento.

Kenneth Driscoll congelou novamente. — O que sabe a respeito disso?

— Nada. Eu nem conhecia Roger, mas sei o tipo de pessoa que ele era e não tive uma boa impressão. Posso imaginá-lo tentando fazer chantagem por causa de um caso extra-conjugal. Embora eu não saiba como ele teria descoberto.

— Vai saber? E quem se importa? Ele sabia e isso era o suficiente.

— Soube que Mary Hughes foi assassinada?

— Não faço ideia de quem é Mary Hughes. — O médico parecia confuso.

— Ela trabalhava com Roger. Agora está morta.

Kenneth Driscoll bufou. — Sinto muito, mas não tive nada a ver com isso. Tenho certeza de que não tenho nenhum paciente com esse nome, nem conhecidos. Por mais que Whitby seja uma cidade pequena, ainda existem pessoas que não conheço. Por que diabos eu iria querer matar alguém que não conheço?

Respirei fundo. — Talvez Mary soubesse algo a respeito de quem assassinou Roger.

O médico inclinou a cabeça para o lado. — Está pensando que essa tal de Mary viu ou ouviu algo sobre o assassinato, chantageou o agressor e ele decidiu acabar com ela. É isso mesmo?

Assenti com a cabeça. Sim

— Quem quer que ela fosse, parece que não agiu de forma muito inteligente.

— O que você estaria disposto a fazer para encobrir seu envolvimento com a mulher que acabou de arranhar seu carro?

— Não o suficiente para matar duas pessoas! — O médico fez uma careta. — Olha, não sei quem você é e tenho certeza que você não sabe quem *eu* sou. Passo a maior parte do dia, todos os dias, tentando fazer com que as pessoas desta cidade se sintam melhor. Salvo vidas, não o contrário.

— Entendi. Está bem, obrigada.

Dei meia-volta para entrar no carro quando o ouvi me chamar com voz de pânico: — Ei, o que está planejando fazer?

— Estou planejando entrar neste carro, ir para casa e jantar salada de atum, a menos que reúna energia suficiente para ir ao supermercado. Tive um longo dia.

Ele lançou um olhar furioso. — Estou perguntando o que está planejando fazer com as informações que acabou de descobrir?

Bufei. — Não estou planejando chantageá-lo, se é isso que está dizendo. Posso ser apenas uma bibliotecária, mas não estou desesperada por dinheiro a ponto de infringir a lei.

Driscoll pareceu relaxar um pouco disse: — Mas vai usar a informação.

— Não vou correr até sua esposa e contar a ela sobre seu caso, mas o chefe Edison deveria saber disso. Além do mais, não sou a única pessoa que está sabendo. Alguém me contou sobre uma discussão recente que você teve com essa mulher. — A última coisa que eu precisava era que Driscoll pensasse que eu era uma ameaça, ou, pelo menos, a *única* ameaça.

— Isso só vai fazê-lo seguir uma pista falsa! Vai distraí-lo de encontrar o verdadeiro assassino. E pode fazer perguntas que levem minha esposa a descobrir a respeito do caso.

— Se está preocupado com sua esposa, talvez seja algo que deveria ter levado em consideração antes de se envolver com outra mulher.

Entrei no carro e fui embora com o médico me observando com os olhos semicerrados.

NA MANHÃ SEGUINTE, quando cheguei à biblioteca, havia outra carta à minha espera. Wilson fez uma careta assim que a viu.

— Vou chamar a polícia — disse ele, em tom severo.

— Não creio que haja nada que o chefe Edison possa fazer. Ele já sabe da primeira carta. Não é como se eu pudesse ter um guarda armado ao meu redor vinte e quatro horas por dia. Além disso, não tenho a sensação de estar correndo perigo. — Decidi não mencionar o quanto fiquei assustada tanto em casa quanto na biblioteca à noite. Era provável ser minha imaginação fazendo hora extra.

Wilson franziu a testa. — Por que não? As cartas parecem sérias.

— As cartas demonstram que alguém está desesperado, mas não tem coragem suficiente para me confrontar.

— De qualquer forma, vou ligar para o chefe.

E, como prova do tamanho da cidade, o chefe chegou à biblioteca em cerca de sete ou oito minutos.

Eu estava liberando os livros de um cliente quando ele entrou e Wilson disse: — Deixe que eu cuido disso. Pode conversar com Ann na sala de convivência. — Ele entregou a carta ao policial, que embrulhou em um lenço de papel com cuidado.

Suspirei e conduzi o chefe em direção aos fundos da biblioteca.

Sentamos à mesa e ele leu a carta. — Este é a segunda que você recebe.

— Sim, o que deixou meu chefe muito nervoso, mas acho que é porque envolve a biblioteca. Afinal de contas, passo a maior parte do tempo aqui.

Burton assentiu. — Ficarei com a carta, embora não tenha muita esperança de descobrirmos quem está por trás disso. O que esta carta me *faz* pensar é que você continuou tentando obter informações sobre os dois assassinatos.

— Culpada — assumi, com pesar.

— Não vou tentar impedi-la. Afinal, você é uma mulher adulta e pode avaliar os próprios riscos. Apenas tenha cuidado. A última coisa que preciso agora é de mais problemas.

— Está muito ocupado? — perguntei, erguendo a sobrancelha.

— Demais. Tem muita coisa acontecendo em Whitby. Subestimei a cidade. Presumi que aqui seria moleza depois do último lugar onde trabalhei. Em vez disso, há muitas coisas acontecendo que precisam ser abordadas — respondeu Burton, se recostando na cadeira, que rangeu em protesto.

— Que tipo de coisas? — perguntei, curiosa.

Burton começou a contar nos dedos rechonchudos, as questões criminais locais. — Pequenos furtos em lojas, arrombamentos de carros, excesso de velocidade, problemas domésticos e um acidente fatal envolvendo uma árvore.

— Não fazia ideia. Soube do acidente, pois foi algo sério. Mas não imaginava todo o resto.

— Pobre Elsie Brennon — disse Burton, balançando a cabeça. — Esse foi basicamente meu primeiro caso na cidade. Você não ficou sabendo das outras histórias porque esteve muito envolvida nesses assassinatos, mas verá no jornal local. Sei que a biblioteca publica essas coisas.

— Vou dar uma olhada. Então, com tudo isso acontecendo, você descobriu mais alguma coisa sobre os assassinatos?

— Nada significativo. E sinto que os habitantes estão ficando impacientes com a falta de progresso nas investigações. Ninguém quer viver em uma cidade que tem um assassino à solta por aí.

— O que o faz pensar assim?

— Estão me fazendo perguntas o tempo todo. Assim como você acabou de fazer. Tudo o que sei é que Mary Hughes era o tipo de pessoa que ninguém queria ela que conhecesse seus segredos, pois gostava de fofocar e contar histórias. Além do mais, encontrei algumas evidências, enquanto vasculhava sua casa e seu computador, de que ela poderia ser uma chantagista.

— Isso faz muito sentido. Por que outro motivo alguém iria querer matá-la?

Burton ergueu a sobrancelha. — Me fiz a mesma pergunta. Investiguei a família dela e não encontrei nada. A maioria dos parentes estão mortos e o resto da família não mantinha contato com ela há anos. Nunca foi casada. Não parece haver uma razão pela qual alguém quisesse matá-la.

Pensamos na situação por um momento, até sermos interrompidos pela aparição de Fitz, que rolou de costas e lançou um olhar cativante para o chefe Edison.

— Não estou certo se devo esfregar sua barriga, amigo. Tenho a sensação de que você arrancaria a minha mão.

— Este gato é tão manso quanto aparenta. Mas tenho que concordar com você. Não sou muito confiante quando se trata de gatos. Talvez seja melhor apaenas fazer cócegas embaixo do queixo dele.

Burton seguiu meu conselho e riu quando Fitz fechou os olhos e começou a ronronar alto. — Com certeza você tem um gato fofo. — Ele fez uma pausa e perguntou de modo casual: — Luna está trabalhando hoje?

— Sim, mas não está aqui no momento. Precisou levar a mãe para uma consulta.

Burton assentiu, mas vi a decepção brilhar em seus olhos.

— Acho que não perguntei nada a seu respeito ou como veio parar aqui. Tem família por perto? O que o fez decidir se mudar para a *grande* cidade de Whitby?

— Não tenho família por perto. Meus pais eram muito idosos e os perdi há dez anos. Sou filho único, então também não tenho irmãos.

— Solteiro? — perguntei, supondo que a resposta seria negativa, a julgar pelo interesse em Luna, mas nunca se sabe.

— Fui casado por muito tempo, mas infelizmente não deu certo. Acabamos seguindo caminhos diferentes. O divórcio foi culpa minha, eu passava muitas horas no trabalho e quase nunca estava em casa. Essa não é uma fórmula que contribui para um relacionamento bem-sucedido — disse ele, com pesar.

— Filhos?

— Tenho um filho, mas ele mora na costa oeste. Eu o vejo sempre que posso e ele vem me visitar algumas vezes por ano. Não é tão frequente quanto gostaríamos, mas mantemos contato online e por telefone. É um bom garoto. — Ele riu. — Bom, ele não é mais criança, é adulto. Mas é incrível. — Ele fez uma pausa e perguntou curioso: — E você? Não tem uma pessoa especial? É divorciada?

Neguei com a cabeça. Costumo ser uma pessoa reservada, mas há algo no jeito calmo de Burton que me faz querer lhe contar coisas. — Não tenho um relacionamento sério desde a faculdade. — Dei uma risada curta. — Minha vida pessoal sempre foi complicada. Perdi meu namorado, Robert. Ele foi morto por um motorista bêbado quando ainda estávamos estudando.

O olhar de Burton entristeceu. — Sinto muito. Não é como se você já não tivesse sofrido perdas suficientes na vida. Você não tem idade suficiente para ter passado por duas tragédias.

Assenti, engolindo em seco para ter certeza de que minha voz estava firme. Nunca falei sobre Robert e não confiava em mim mesma para não ficar emocionada quando o fizesse. Ainda ainda sentia tristeza por perdê-lo, bem como uma sensação de culpa irracional. Ele estava vindo me trazer sopa quando foi atropelado pelo motorista bêbado. Eu estava resfriada e em período de provas, então ele foi comprar sopa para mim no calor do momento. Decidi que seria mais seguro fazer mais perguntas sobre Burton em vez de ser o foco da conversa.

— E o que fez você decidir se mudar para cá? Embora pareça estar sendo muito mais movimentado do que você esperava.

Ele riu. — Ah, eu queria desacelerar. Agora estou meio que rindo de tudo isso. Eu era o chefe de polícia em uma cidade maior e todos os dias eu estava absolutamente esgotado no final do expediente. Comecei a procurar algo um pouco mais tranquilo e vi uma possibilidade aqui. E claro, o fato de haver um lago, montanhas, rios e belos edifícios antigos facilitou a minha decisão. Então aqui estou.

— Espero que goste daqui. Acredito que o surto de problemas é apenas temporário. Em breve, o ritmo voltará ao normal.

— Caso contrário, você teve uma aula de autodefesa — disse ele, com sarcasmo. — Apenas tenha juízo e ficará bem.

Assenti, embora minha mente estivesse concentrada nos jornais. Queria ler mais a respeito do acidente de carro, do qual havia esquecido até Burton mencionar o assunto.

Assim que terminamos a conversa, sentei atrás do balcão de circulação e abri o navegador no jornal local. Desde que encontrei o corpo de Roger, não fiz mais do que dar uma rápida olhada nas notícias todas as manhãs. Suspirei. O site estava fora do ar. Esse era um problema bem típico, que sempre me incomodava. Clientes que não eram assinantes sempre me pediam para imprimir uma cópia de um anúncio de casamento ou de um obituário e eu tinha que pegar o jornal impresso para tirar as cópias.

Levantei e fui até a seção de periódicos, parando para ajudar um cliente a encontrar um livro no caminho. Examinei a pilha de cópias arquivadas para encontrar a matéria original sobre o acidente fatal de carro que tinha acontecido vários dias antes que Roger fosse assassinado. Levei o jornal de volta ao balcão de circulação e li o artigo completo. Foi escrito como uma homenagem a Elsie Brennon, que tinha oitenta e cinco anos na época do acidente e morou em Whitby durante a vida inteira. Tinha chovido naquela noite e era um trecho da estrada onde não havia iluminação pública, não que houvesse muita iluminaçao em Whitby. Elsie estava voltando para casa depois de uma festa na igreja e perdeu o controle do carro em uma curva e bateu em uma grande árvore na beira da estrada.

Suspirei. Não havia nada que sugerisse outra coisa senão um acidente. Então fiz uma careta. Aquela era apenas a versão jornalística do ocorrido. O repórter dificilmente saberia de mais detalhes. E, para o *The Whitby Times*, o acidente parecia uma fatalidade, uma motorista idosa, uma noite escura e chuvosa e uma curva traiçoeira.

Hesitei e então peguei o celular para ligar para Burton.

— Faz muito tempo que não nos falamos — disse ele, em tom seco quando me identifiquei.

— Desculpe. É que você disse algo que me fez pensar.

— Não consigo imaginar o que possa ter sido.

— Foi quando disse o quanto está ocupado e mencionou os problemas com os quais está lidando em Whitby. E mencionou o acidente de carro.

— Certo — concordou Burton.

— Você disse que o acidente foi 'algo com o qual teve que lidar'. A maioria dos acidentes de carro não são exatamente investigações que levam muito tempo para serem concluídas. Ainda mais um acidente como este. Teria parecido mais um acidente trágico devido a condições climáticas desfavoráveis. — Vi alguns clientes passando e fui para o outro lado da mesa para ter certeza de que a conversa era privada.

Burton suspirou. — Está incorporando Nancy Drew outra vez.

— Estava apenas me perguntando se talvez *não tenha sido* um acidente trágico. Ou porque Elsie teve algum problema de saúde que fez com que o carro saísse da estrada.

Burton hesitou. — Admito que essa é a direção que estamos tomando. Embora não houvesse outro veículo envolvido porque não houve impacto no carro de Elsie, os rastros na estrada indicam que o acidente provavelmente foi causado por outro carro. E temos uma testemunha que disse que havia um motorista muito irritado com Elsie.

— Por dirigir devagar demais, suponho.

— Isso mesmo. Pelo menos é o que dizem todos que conheciam Elsie. Lenta e cautelosa.

— Mas se ela tivesse se deparado com alguém furioso no trânsito, poderia estar distraída ou tentando fugir.

— É provável que não estivesse dirigindo como de costume — concordou Burton. — E parece que o carro bateu na árvore em alta velocidade.

— Onde exatamente aconteceu o acidente?

— Não foi no centro da cidade, caso contrário teríamos várias testemunhas. Mas, aparentemente, algum motorista ficou chateado com a maneira como a pobre Elsie dirigia na cidade e a seguiu.

— Elsie morava mais afastada da cidade, não é?

— Sim. Na antiga estrada rural. Pelo que ouvi, ninguém mais faz esse trajeto, já que há estradas mais rápidas e não há muita coisa nesse trecho.

— E não houve testemunhas. — Ouvi um cliente colocar os livros na mesa atrás de mim e me despedi: — Preciso ir. Obrigada, Burton.

Capítulo Dezoito

Ao me virar, me deparei com Louise segurando uma pilha de livros. Ela sorriu, mas parecia distraída. Conversamos um pouco sobre o tempo enquanto eu liberava os empréstimos.

— Preciso ir ao banheiro bem rápido. Posso deixar esses livros aqui na mesa por um minuto?

— Claro.

— Obrigada. Acho que Sadie e Lynn ainda estão decidindo quais livros querem levar — acrescentou e saiu correndo.

Meio minuto depois, Sadie e Lynn estavam no balcão de distribuição. — Posso dar saída nos livros? — Sorri para Sadie, que retribuiu, mas como sempre, vi o cansaço em seu olhar.

— Pode, mas acabei de trazer mais um monte de coisas para Lynn. Prometo que da próxima vez, procurarei algum livro para mim.

— Talvez você devesse tentar uma coletânea de contos. Assim, pode relaxar à noite antes de dormir, sem precisar tentar acompanhar um monte de personagens ou uma trama extensa.

Sadie assentiu pensativa. — Quem sabe algo divertido? Sinto que a vida não tem me dado muitos motivos para sorrir ultimamente.

— Já leu alguma coisa de David Sedaris?

Sadie negou com a cabeça.

— Espere um segundo. Vou pegar um livro dele para você.

— Enquanto isso vou começar a fazer a auto-retirada — disse Sadie, pegando seu cartão da biblioteca e indo em direção ao scanner.

Fui até as estantes e hesitei por alguns momentos até decidir qual livro Sadie gostaria. Escolhi *Calypso* e voltei para o balcão.

— Depois me conte se gostou — disse, enquanto ela me agradecia e colocava o livro sob o scanner.

Eu queria fazer mais perguntas sobre Roger, mas Sadie parecia distraída. Provavelmente porque Lynn parecia estar com fome e começou a chorar. O choro aumentou enquanto Sadie continuava se atrapalhando com os livros, então me ofereci para dar ajudar e ela me deu um rápido sorriso de agradecimento. Sadie se abaixou, pegou Lynn no colo e começou a balançá-la. Quando terminei com os livros, procurei por Fitz, que seria a solução perfeita para animar Lynn. Embora estivesse olhando em nossa direção, ele estava no colo de Linus Truman. Não havia como interromper aquele momento. Enquanto Lynn continuava chorando, pensei em como seria difícil ser mãe solteira.

Louise retornou apressada. — Desculpe! Estava no banheiro. Você não deveria ter tentado fazer a retirada sozinha. — Ela estendeu as mãos para Lynn, tirou-a do colo de Sadie com uma força surpreendente e lançou um olhar apaixonado para a criança. — O que a menininha da vovó vai querer hoje? Um chocolate? — Ela enfiou a mão na bolsa e pegou uma barra de Kit-Kat. Lynn sorriu em meio às lágrimas.

— Mãe, a senhora a está mimando — repreendeu Sadie, mas parecia aliviada porque a menina havia parado de chorar. Alguns segundos depois o rostinho da criança se iluminou com um sorriso em meio às lágrimas.

Encontrei um saco plástico e entreguei-o para Sadie guardar os livros.

Louise foi até um banco encostado na parede e se sentou com Lynn, ajudando a neta a desembrulhar o doce.

Sadie estava esperando até Lynn terminar de saborear o doce. Então aproveitei a oportunidade e perguntei: — Roger alguma vez mencionou Kenneth Driscoll?

— Quem... o médico? Acho que não. Quero dizer, Roger nunca foi ao médico. Ele era um daqueles caras chatos que nunca ficava doente. E não acho que os dois seriam amigos.

— Consegue imaginar uma situação em que Roger soubesse de algo a respeito de outra pessoa e talvez usasse essa informação?

Lynn enfiou a mão no saco plástico, pegou um dos livros de capa dura e começou a olhar as ilustrações enquanto Sadie a balançava. — Você quer dizer chantagem? Roger?

— Eu não o conhecia. Seria possível, de alguma forma, ele estar pressionando Driscoll? Fique pensando se ele seria capaz de fazer algo assim.

Sadie parecia intrigada. — Não sei. Não é algo que eu diria, mas também não diria que Roger era o tipo de cara que abandonaria suas responsabilidades. Quero dizer, ele nunca fez nada pela mãe e o não assumiu nenhuma responsabilidade por Lynn. Jamais teria imaginado isso quando começamos a namorar. — Ela franziu a testa. — Pensando bem, eu vi o médico agindo de forma estranha ultimamente. Não pensei muito sobre isso na época porque estava tentando fazer malabarismos segurando Lynn e alguns livros que estávamos devolvendo.

— O que você viu?

— Ele estava agindo de forma muito furtiva, o que achei estranho, já que ele estava aqui na biblioteca.

— Furtivo, como se não quisesse que ninguém o visse?

— Isso mesmo. E estava segurando algo. Foi meio estranho porque quase todo mundo entra na biblioteca segurando alguma coisa, certo? Estão devolvendo livros, carregando um computador, ou material de estudo para a escola ou para o trabalho. Quero dizer, eu não teria pensado nada se ele simplesmente tivesse entrado na biblioteca segurando alguma coisa, mas o modo como estava agindo parecia suspeito. — Sadie deu de ombros.

— Quando foi isso?

— Ontem? Ou alguns dias atrás. Faz pouco tempo. E outra coisa estranha foi que depois que ele entrou no prédio, saiu de novo quase de imediato. E ainda estava olhando ao redor para ver se alguém o observava.

— Ele viu você? — Afinal, Lynn não era o que podemos chamar de criança calada. Parecia estranho que Kenneth não as tivesse visto.

— Não. Percebi que Lynn estava com a fralda molhada, então troquei-a no carro bem rápido. Ela estava olhando um livro e eu estava calada, então acho que ele não notou a nossa presença. — Sadie se distraiu quando Lynn voltou a chorar porque o doce tinha acabado. — Desculpe, preciso ir. Até mais.

Assenti e fique pensativa. Parecia que Kenneth era meu escritor anônimo. Senti um calafrio com essa constatação. Uma pessoa que ocupava uma posição de confiança em nossa cidade estava se esgueirando pela biblioteca para deixar cartas ameaçadoras a uma bibliotecária local? Talvez seja hora das pessoas encontrarem um novo médico.

Ouvi as portas automáticas se abrirem e olhei para cumprimentar um cliente, mas congelei. Era Grayson, meu vizinho. Ele sorriu e veio em minha direção.

— Oi — disse, parecendo um pouco idiota e me recompus.

— Que bom te ver. Posso ajudá-lo a encontrar alguma coisa?

— Ah, entrei aqui para evitar que Zelda me abordasse outra vez sobre o conselho da associação de moradores.

— Ela está lá fora? — perguntei, arregalando os olhos.

— Não, estou brincando. Mas se ela *estivesse* lá fora, é exatamente o que eu teria feito. Pensei em dar uma olhada na biblioteca, já que ainda não tinha vindo aqui. E também encontrar algo para ler.

— O que você gosta de ler? — perguntei, voltando a incorporar a bibliotecária, esperando ouvir algum tipo de não-ficção, um livro inspirador de algum líder empresarial ou a biografia de um investidor de sucesso.

— Gosto *de* ler tudo. Sei que isso me tornaria mais informado, mas a verdade é que tendo a gostar ficção científica. Alguma recomendação?

— Claro — respondi, contornando rapidamente a mesa e fiz uma pausa. — Suponho que já leu muitos clássicos modernos. *Duna?* Coletâneas de Ray Bradbury? Romances de Ursula Le Guin?

— Não diria *todos*, mas li uma boa parte. E li a série *Duna* — respondeu ele, enquanto me seguia até as estantes.

— Que tal *O Homem do Castelo Alto,* de Philip K Dick?

Ele franziu a testa, pensativo. — Não li, mas juro que de alguma forma me deparei com esse livro faz pouco tempo.

— Philip K Dick também escreveu *Androides Sonham com Ovelhas Elétricas.* E *O Homem do Castelo Alto* foi adaptado para uma série, então é provável que deve ter visto isso na televisão.

Grayson estalou os dedos. — É isso. Mas não assisti. Obrigado, vou levar este.

Tirei o livro das prateleiras e entreguei-o a ele, me sentindo aliviada por finalmente ter tido uma interação com Grayson que não envolveu minha dificuldade em encontrar as palavras. — Parece que você também precisa de um cartão da biblioteca.

— Preciso. — Ele sorriu outra vez e me seguiu de volta até o balcão de circulação, conversando sobre nossa vizinhança, Whitby e suas opiniões sobre a cidade.

Fiz o cadastro e o registrei para obter um cartão da biblioteca e ele retirou o livro, imprimindo um pequeno pedaço de papel para servir de marcador.

— Tudo resolvido — disse, sorrindo para ele.

Ele retribuiu o sorriso. — Obrigado. E obrigado pela ajuda também.

Um momento de tensão e conexão surgiu entre nós. Pelo menos, eu *pensei* que sim. E então ouvi uma voz se aproximando.

— Grayson?

Ele se virou e minha amiga Trista deslizou os braços ao redor dele como se pertencesse àquele lugar. Grayson a abraçou e ela lhe deu um beijo suave no rosto, já que era cerca de trinta centímetros mais baixa que ele.

— Pensei ter visto seu carro lá fora. — Ela sorriu para mim. — Oi, Ann. Esse é o cara quem te falei.

Sorri de volta, embora meu coração estivesse em algum lugar próximo ao meu estômago. — Grayson e eu nos conhecemos. Ele mora no meu bairro.

— Não é perfeito? — perguntou Trista. — Agora precisamos marcar para beber alguma coisa juntos em breve. — Ela se virou para Grayson. — Não me diga que você também é um leitor ávido? Jamais teria imaginado.

Grayson dei um sorriso tímido. — Ao que tudo indica, você não sabe tudo a meu respeito. Sou um grande leitor. Precisava de algo novo para ler, e agora tenho. — Ele se virou na minha direção: — Desculpe, eu deveria saber, mas da última vez que conversamos, percebi que não me disse seu nome.

Enrubesci um pouco. Parecia a atitude que eu teria em uma situação estressante. Aparentemente, houve uma introdução unilateral. — Desculpe. É Ann. Ann Beckett.

— Podemos ir comer alguma coisa? — perguntou Trista, voltando a focar em Grayson. — Estou morrendo de fome. Perdi pelo menos uma refeição hoje.

— Claro — respondeu ele, com um sorriso. Depois olhou para mim, com um brilho no olhar. "Obrigado pela sua ajuda, Ann. Nos vemos em breve?

— Até logo, Ann! — disse Trista.

E assim, eles se foram.

Eu deveria saber que nada escaparia a Luna. Alguns minutos depois, ela estava ao meu lado. — Que cara bonito. E que mulher nojenta.

Fiz uma careta e continuei inserindo periódicos no sistema. — Não sei do que você está falando.

— Ah, para com isso, Ann. Estava escrito na sua cara. — Luna bufou.

— Sério? — perguntei alarmada, colocando a mão no rosto.

— Não se preocupe. Acho que foi óbvio apenas para mim. Afinal, sou uma especialista. Sou bibliotecária, especialista em ler histórias. Qual é a história *aí*? Um ex?

Suspirei. — Não. Finalmente concluimos a fase de apresentações hoje. Ele é um novo vizinho com quem costumo me atrapalhar, apenas isso. E a mulher não é nojenta. Nos conhecemos desde a faculdade. Preciso admitir que Trista não perde tempo. Grayson mora em Whitby há pouco tempo.

— É a característica de uma cidade como esta. É preciso agir muito rápido antes que alguém chegue na sua frente. Nada contra a sua amiga, mas ela parece o tipo de pessoa que nos faz perder o interesse em pouco tempo. Aposto que esse relacionamento não dura seis meses. Mas vamos pensar no que *você* pode fazer enquanto isso. Há muitos peixes no oceano.

— Existem? Odeio dizer isso porque sei que você também é solteira, mas acho que os peixes de Whitby já foram fisgados. Talvez tenhamos que expandir a pescaria.

— Bobagem — disse Luna com firmeza. Me recuso a aceitar sua teoria. Afinal, você teve um encontro com Roger. Ele não havia sido fisgado.

— Sim, e pelo que percebi, houveram bons motivos para isso. Agradeço a preocupação, Luna, mas a verdade é que não tenho sorte com encontros às cegas. Na verdade, com *qualquer* tipo de encontro arranjado. Roger foi apenas o último de uma longa série de tentativas.

— Então, por enquanto você está feliz solteira? — perguntou Luna, soltando um suspiro. — Você não é nada divertida. Devia saber que todo mundo acha divertido marcar encontros para as pessoas.

— Infelizmente, não é divertido para as pessoas que estão sendo incriminadas — disse, com uma risada. — E sim, estou feliz solteira.

Luna retornou para a área infantil para ajudar um cliente a encontrar os periódicos infantis e eu voltei a ler o jornal antigo. O acidente de carro de Elsie foi horrível, mas era melhor me concentrar no fato de que o médico da cidade estava me enviando cartas ameaçadoras. Além do mais, algo não parecia certo no acidente de Elsie.

Linus Truman tossiu de leve e sorriu como se estivesse se desculpando por estar me interrompendo, o que me fez voltar a realidade. — Desculpe, não percebi que o senhor estava aqui — disse, balançando a cabeça e enrubesci. Não era óbvio que eu não o havia notado caminhando até a mesa?

Ele sorriu hesitante. — Perdão por incomodá-la. Parecia que você estava imersa em seus pensamentos. Normalmente eu mesmo retiro meus livros, mas tenho uma pequena multa e pensei em pagá-la em dinheiro, em vez de passar o cartão.

— Claro! - disse com entusiasmo, retribuindo o sorriso. Fiz a retirada dos livros e recebi o pagamento da multa. Ele hesitou por um segundo, então perguntei: — Posso ajudá-lo em mais alguma coisa? — Às vezes, os clientes ficavam envergonhados em pedir ajuda, o que era engraçado porque era exatamente essa a minha função: fornecer qualquer tipo de ajuda.

— Percebi que estava você lendo sobre o acidente de Elsie Brennon. Pelo menos era o que parecia — disse ele e em seguida acrescentou: — Desculpe. Não gosto de invadir a privacidade das pessoas.

— Se me importasse com privacidade, não deveria ter colocado o jornal aqui no balcão de circulação — respondi, sorrindo.

Linus assentiu e continuou: — Estava pensando sobre isso. Eu a vi conversando com o chefe de polícia. Fizeram algum progresso no caso?

— Não que eu saiba. — Elsie era sua amiga? Lembro que o senhor me disse que ela era dona de Fitz e do gato malhado — enrubesci. — Quero dizer, *acho* que talvez o senhor possa pode ter me deixado um bilhete com essa informação.

— Sim, fui eu mesmo. Não diria que éramos amigos. Ela era minha vizinha e eu infelizmente não era o vizinho mais sociável. Não me esforcei para ser amigável.

Aquilo não me surpreendeu, considerando o quanto ele ficava isolado quando estava na biblioteca. — Tenho certeza de que ela não se importava. Esse tipo de coisa é muito comum na vizinhança. Algumas pessoas querem conversar e outras preferem ser mais reservadas.

— Elsie, embora eu não a conhecesse bem, era uma mulher gentil. E o acidente que ela sofreu não me pareceu muito convincente.

— Como assim?

— Digamos apenas que, como vizinho, eu conhecia o modo como ela dirigia. Tenho outro vizinho, do outro lado, que tem um filho adolescente. O rapaz voa pela estrada, fazendo com que as pessoas e os animais se desviem do caminho. Há uma cliente que está sempre aqui e também dirige da mesma forma. É assustador. Fico apavorado quando a vejo no estacionamento porque ela voa como se estivesse em uma rodovia. Elsie era uma motorista tranquila, daquelas que mal se movem.

— Ela sempre dirigiu devagar?

Linus assentiu. — Acredito que mesmo que tivesse batido em uma árvore, na velocidade normal, ela teria ficado bem. Quero dizer, no caso de Elsie, 30km por hora seria como estar em alta velocidade. Ela dirigia o tempo todo como se estivesse em um estacionamento lotado, o tempo todo. Talvez a 16km por hora.

— O acidente ter acontecido em maior velocidade o preocupa?

— Imagino que ela devia estar assustada ou sendo perseguida. Não consigo entender o fato de que Elsie teria sofrido esse tipo de acidente.

— O chefe disse que existem sinais de que havia outro carro no local. Como marcas de pneus, por exemplo.

— Faz sentido. Fico feliz que estejam investigando mais a fundo. Estava preocupado que ninguém estivesse dando atenção ao caso. Como disse, Elsie era uma boa pessoa. Não achei justo o que aconteceu com ela.

— A mulher... a cliente que o senhor mencionou estar dirigindo feito louca no estacionamento. O senhor sabe quem é?

Ele negou com a cabeça. — Não. Mas já vi vocês duas conversando. Ela tem uma filha pequena. A mãe tem cabelo cacheado. Alta.

— Sadie Stewart.

— Não posso afirmar. Mas se pudesse pedir a ela para diminuir a velocidade no estacionamento, isso tornaria as coisas muito mais seguras.

E assim, Linus deu um breve sorriso e voltou a se concentrar nos livros.

Capítulo Dezenove

A lgumas horas depois, era a hora de montar a sala comunitária do cineclube. Afastei algumas cadeiras e posicionei
a televisão, já que a biblioteca era muito antiga para ter telas
planas na parede. Depois entrei na sala dos funcionários para
fazer pipoca e colocar em sacos. E aproveitei para me servir uma
grande caneca de café.

Quando voltei para a sala, parecia que todos já estavam lá,
o que me fez sorrir. Eu poderia organizar um cineclube todas as
semanas porque aquilo me deixava feliz demais. Havia muitos
filmes disponíveis e o grupo não era exigente. Estavam animados
em assistir *Viagem à Lua*, um filme mudo francês de 1902. E
também ficaram entusiasmados ao assistir *Amor, Sublime Amor,*
de 1961. E não tiveram problemas com filmes de terror como *O
Bebê de Rosemary*. Eu poderia escolher quase qualquer gênero e
todos aceitavam com naturalidade.

Timothy, um cliente adolescente nerd, já estava se aco-
modando. Como estudava em casa, ele conseguia participar do
cineclube. Para ser honesta, caso ele não tivesse disponibilidade,
eu provavelmente teria mudado o horár porque Timothy ado-
rava. — Cheguei cedo para sentar aqui! — disse ele, apontando

para o assento com um sorriso. Estava vestindo calça de mole-tom e uma blusa que parecia grande demais para seu corpo es-guio. E para completar, um boné de beisebol do *Jurassic Park*. O rapaz parecia relaxado e feliz.

O filme de hoje era um filme antigo de Cary Grant e Ros-alind Russell, *Jejum de Amor*. Timothy me fazia lembrar da min-ha adolescência. Eu era a alma antiga da escola. Achei que talvez fosse pelo fato de ter sido criada pela minha tia-avó, mas a ver-dade é que eu gostava de *filmes* antigos, livros antigos e música antiga. Timothy também era assim. E eu não tinha dúvidas de que ele provavelmente teve dificuldade em fazer amizades, mas encontrou 'sua turma' no cineclube. Este era um lugar onde ele sentia que pertencia. Além de mim, ele era o único membro do clube que ficaria absolutamente encantado em se reunir todas as semanas.

George entrou e fez um *high five* com Timothy. — Ótima escolha o filme de hoje. É claro que *todos* são bons. — Ele apoiou as mãos nos quadris e olhou para mim: — É lógico que você sabe que vou perguntar como vai sua vida social. Não quero sua di-versão fique concentrada em socializar com nerds cinéfilos.

Sorri. Normalmente, eu ficaria irritada se alguém men-cionasse minha vida amorosa ou a ausência dela, mas com George era diferente. Costumávamos bater papo todos os meses. Ele era dono de uma oficina de conserto de máquinas de escrever e ainda assim conseguia ter uma renda. Ele devia estar fazendo negócios pela internet, caso contrário eu não conseguia imag-inar como ele poderia sobreviver. Mesmo assim, parecia estar sempre ocupado trabalhando em alguma coisa, pelo menos era o que nos contava. — Minha vida social? A mesma novela de sempre — falei, sem entrar em detalhes. E agora mais do que nunca.

— Ann não precisa se contentar com alguém que não é bom o suficiente. Ela só precisa encontrar a pessoa certa — Timothy se apressou em dizer.

— Como sempre, você tem razão Timothy — disse sorrindo.

A sala começou a encher com os clientes habituais e conversei com todos enquanto esperava que se sentassem. Quando estavam todos acomodados, diminuí as luzes e peguei o controle remoto.

— Estou animada com o filme de hoje — comecei e parei quando a porta da sala se abriu novamente. Abri um grande sorriso para a Sra. Macon, que parecia um pouco insegura se apoiando no andador. Esperava que ela viesse, mas nunca acreditei de fato.

— Obrigada por se juntar a nós! Pessoal, esta é a Sra. Macon.

— Mona — corrigiu, de forma sucinta. — Podem me chamar de Mona.

— Tem um lugar vazio logo ali. — Por sorte, havia um assento acessível disponível. A mãe de Luna se aproximou hesitante enquanto os membros do cineclube a cumprimentavam no caminho. Vi um rosto na janela da sala comunitária e me virei para ver Luna, me dando um breve aceno com os dedos cruzados. Assim que viu a mãe se virar, Luna desapareceu de vista.

— Acho que todos vão gostar de *Jejum de Amor*. Eu adorei e mal posso esperar para revê-lo, mas sei que alguns de vocês já assistiram.

Timothy, o adolescente nerd, disse: — O filme mais divertido de todos os tempos!

Fiquei feliz em ver Mona sorrindo com o comentário. O segundo sorriso do dia! Luna precisava saber disso.

— Excelente forma de criar expectativas, Timothy. Temos bastante pipoca, então fique à vontade para comprar outro saco durante o filme, se quiser. E chega de conversa, vamos ao filme.

Apertei 'play' no controle remoto e me sentei em uma cadeira perto do fundo da sala com um bloco para fazer algumas anotações que facilitariam a discussão ao término da sessão. Não que nossa discussão precisasse de um moderador.

Esperava que a comédia fosse bem recebida pelo grupo e não me decepcionei. Todos riram o tempo todo. Olhei para Mona, esperando que estivesse atraída pelo enredo e fiquei aliviada ao ver um sorriso em seu rosto. A última coisa que eu queria era que o filme fosse um fracasso e ela nunca mais voltasse.

Quando a apresentação terminou, todos aplaudiram.

— Bravo! — disse Mona.

— Como eles *conversavam* tão rápido? — perguntou George.

O filme era sobre um editor de fala rápida e a ex-mulher repórter. — Não sei. Acredito que tiveram que fazer muitas tomadas para deixar tudo perfeito — respondi.

Aparentemente, Timothy havia lido sobre o filme. — O diretor também não se importou que os atores improvisassem, então foi muito legal. Como quando o personagem de Cary Grant menciona Ralph Bellamy, que também estava atuando no filme.

Todos refletiram e compararam com alguns outros filmes de Cary Grant que havíamos assistido.

— Aquele cara tinha muito alcance — disse George.

— Gosto ainda mais de seus personagens românticos — disse Mona, colocando a mão sobre o coração. — *Ladrão De Casaca.* Ele estava adorável naquele filme.

George bufou. — O que mais *me* lembro desse filme é o suspense. Mas, considerando que é um filme de Hitchcock, isso não deveria ser surpresa.

Olhei para Mona, esperando que não estivesse ofendida. George às vezes era bem direto. Na verdade, todos gostavam de participar de um debate animado. Eu a vi piscar de surpresa e então refletir sobre o comentário.

— Esqueci completamente da história do ladrão — disse ela, pensativa. — O que mais me lembro é da beleza do ator. Mas você tem razão, ele era um grande ator dramático. E estava maravilhoso em *Suspeita,* também do Hitchcock.

Timothy acrescentou: — Ah, sim, ele era muito bom com papéis dramáticos. Mas lembre-se de todas as comédias que ele fez.

Mona inclinou a cabeça para o lado. — Estou tentando, mas não consigo.

— *Topper e o Casal do Outro Mundo, Levada da Breca, Este Mundo é um Hospício* — disse Timothy, enumerando alguns filmes.

— Como eu disse, o cara tinha muito alcance — repetiu George.

A discussão continuou por mais algum tempo, com Mona ficando cada vez mais engajada. Depois que terminamos, fiquei feliz em ver várias pessoas conversando com Mona. Eles a encorajaram a vir para a próxima reunião, e fiquei feliz. Mona estava sorrindo, o que era um bom sinal.

Poucos minutos depois, eu estava de volta ao balcão de distribuição, pois alguns membros do cineclube gostavam de levar alguns livros antes de ir embora. Mona caminhou lentamente na minha direção, se apoiando no andador.

— Obrigada por me convidar para o cineclube — agradeceu ela, com um sorriso. — Pelo que sei, Luna disse que foi ideia sua.

— A senhora gostou? Achei um filme divertido, embora nem todos gostem por comédias doidas.

— Não é tão doida assim. Foi muito inteligente. E eu nunca tinha assistido.

Fiquei aliviada. — Então, se quiser, não deixe de vir na próxima sessão. Teremos algo completamente diferente. — E era verdade. Eu estava pensando em exibir *O Enigma de Andrômeda*.

— Vou tentar vir. — Mona parecia animada.

Eu estava a caminho da sala de convivência para almoçar quando hesitei. Talvez devesse ir até o Quittin' Time e descobrir se Heather não conhecia mesmo Mary como afirmou. Tive a sensação de que sabia o motivo de Mary estar ali, mas queria ter certeza. Heather já havia admitido que esteve na casa de Roger na sexta-feira passada, porém tive a sensação de que Mary viu uma oportunidade para chantagear Heather.

Suspirei com a ideia de comer fora outra vez, mas prometi que comeria meu almoço caseiro no jantar. . . e escolheria uma refeição barata no cardápio.

Quando entrei no restaurante, percebi que poderia estar almoçando fora à toa – Heather talvez nem estivesse trabalhando ou poderia estar em outro turno. Fiquei aliviada quando a vi do outro lado do salão e me acomodei em uma mesa

Heather parecia um pouco mais cautelosa do que da última vez. Provavelmente pensou que eu não tinha nada melhor para fazer ao invés de cuidar da minha própria vida. Dei um sorriso casual e amigável.

— Estou surpresa em vê-la outra vez. Está quase se tornando uma cliente regular! O que vai querer hoje? Outro hambúrguer?

— Não, é comida demais para o almoço. Acho que vou pedir algo mais leve. — Olhei rapidamente para o cardápio plastificado que ela me entregou.

Heather apontou uma unha com esmalte rosa para o cardápio. — Se você é como eu, costumo escolher algo barato, mas satisfatório. A salada de taco é comida demais, mas tem um ótimo preço.

— É perfeito, obrigada. — Devolvi o cardápio, aliviada. Vi que o lugar estava lotado e hesitei, sem saber como começar a interrogá-la mais uma vez.

— Algo errado? — perguntou Heather, erguendo uma sobrancelha, intrigada.

— Não. Bem... Na verdade sim. Queria te fazer uma pergunta. Pode parecer estranho, mas pode ser útil para descobrir o tipo de pessoa que era Mary Hughes.

Heather suspirou e olhou para trás na direção de uma mesa que parecia estar pronta para fazer o pedido. — Deixe-me adivinhar. Alguém nesta cidade cheia de fofoqueiros me viu conversando com Mary. E você está curiosa para saber do que se tratava.

Assenti com a cabeça e tossi de leve. — É que a pessoa que me contou disse que parecia que vocês estavam discutindo.

Heather bufou. — Foi exatamente isso. Exceto que eu era o alvo da discusão.

— A questão é que acredito que Mary esteve na casa de Roger na sexta-feira. Acho que ela foi lá para confrontá-lo sobre o trabalho. Ela me contou que uma colega do escritório a informou sobre a morte do seu irmão, mas depois descobri que a mulher nem sabia quem era Roger. A própria Mary deve ter estado lá. E considerando o fato de que estava com problemas financeiros, me pergunto se talvez ela tenha tentado chantageá-la porque a viu na casa do seu irmão.

Heather estreitou os olhos e suspirou. — Quer saber que tipo de pessoa era Mary? Então vou lhe dizer. Ela *também* viu que eu tinha passado na casa do meu irmão na sexta-feira passada. Como disse, eu só queria garantir que ele se lembrasse do aniversário da nossa mãe, mas Mary estava convencida de que eu tinha algo a ver com a morte de Roger porque não queria que ela fosse à polícia.

— Você não pareceu preocupada quando *me* contou sobre ter ido à casa do seu irmão.

— Por que você é uma pessoa sensata. Alguém em quem se pode confiar. Está bem, você pode ser bastante intrometida, mas acho que é por causa da sua profissão, ser bibliotecária. De qualquer forma, Mary estava querendo dinheiro para não ir à polícia. Dinheiro! Eu a repreendi e basicamente ri na cara dela antes de voltar para dentro de casa, batendo a porta. Em poucas palavras, essa é Mary.

— Entendi. — Alguém que parecia ser o gerente estava olhando em nossa direção e eu não queria causar problemas para Heather.

Heather se inclinou e baixou a voz: — Mas eu não a matei. Ela não valia a pena.

Almocei rápido e corri de volta para a biblioteca assim que paguei a conta, ainda pensando no que Heather havia me contado. Tanto Roger quanto Mary pareciam pessoas bastante rudes, embora não merecessem o que havia acontecido.

Estava imerso em pensamentos enquanto atravessava o estacionamento em direção à biblioteca e não ouvi uma voz chamar meu nome.

Na segunda vez, me virei para olhar. Era Lisa, a mãe que levou o gato malhado para casa. Meu coração apertou quando percebi que ela carregava uma caixa de transporte que parecia conter um gato.

— Graças a Deus! — Lisa riu. — Estava começando pensar que tinha entendido errado e a chamado pelo nome errado milhões de vezes na hora da história infantil.

Esbocei um sorriso e olhei ansiosa para a caixa. — Oi, Lisa. Que bom te ver. Como vão as coisas com a nossa pequena gata malhada?

Lisa me encarou e levou a mão à boca. — Ah meu Deus! Você pensou que eu não a *queria*! Sinto muito. Não foi essa a minha intenção. Nós a *amamos!* Minha filha acha que ela é a coisa mais importante do mundo e esta gatinha é paciente e doce demais com ela. Nós a chamamos de Harper, como Harper Lee. Achei que ela poderia querer ver Fitz, sabe? Deixá-los juntos por alguns momentos para interagirem.

Suspirei aliviada. — Ótima ideia. Ela parecia super descontraída, assim como Fitz. Vamos deixá-los passar algum tempo juntos na sala de convivência, já que nunca chegamos a deixar Harper se ambientar à biblioteca.

Quando chegamos, Lisa ficou esperando com a caixa enquanto eu procurava Fitz. Ele estava aninhado com uma senhora em uma área tranquila, Pedi desculpas e o peguei no colo. Quando voltei para a sala, Lisa abriu a porta da caixa transportadora. Harper saiu hesitante até ver Fitz. Então ela trotou e começou a lamber a cabeça de Fitz e acariciá-lo. Ele fechou os olhos feliz.

— Ah! — disse Lisa, colocando a mão no peito. — Isso aquece meu coração! Olhe para aqueles dois!

Conversamos sobre como Harper estava se adaptando em sua nova casa enquanto os dois gatos batiam a cabeça um no outro afetuosamente. Cerca de dez minutos depois, Harper soltou um miado vibrante para Lisa e entrou na caixa transportadore. Fitz deitou sob um raio de sol e adormeceu de imediato.

Sorrimos. — Parece que Harper gostou da visita e agora está pronta para voltar para casa.

— Podemos *mimá-la* um pouco — disse Lisa.

— Ela merece! Obrigada mais uma ver por isso. Foi bom os dois se reencontrarem.

Luna estava passando a caminho do intervalo. — Então, como foram as coisas no cineclube? Estou morrendo de vontade de perguntar.

— Você não perguntou para sua mãe?

Luna fez uma careta. — Considerando o humor que minha mãe está, ela provavelmente me diria que foi horrível apenas para me contrariar.

— Ela adorou. Até discutiu sobre os diferentes papéis que Cary Grant interpretou. E disse que vai tentar vir na próxima sessão.

— Sim! — Luna deu um soco no ar. — Você não faz ideia de como fico aliviada em ouvir isso. Estou enlouquecendo. Sério. E você sabe disso porque viu como eu estava desanimada ontem. De qualquer forma, *obrigada.*

— Tudo o que fiz foi exibir o filme — disse, erguendo as mãos.

— Ah, acho que você fez muito mais do que isso, Ann. Você selecionou o filme e incentivou um bom grupo a participar do clube. E não tenho dúvidas que moderou uma ótima discussão. Acredite, estou muito grata.

Esbocei um sorriso. Luna semicerrou os olhos e disse: — Muito bem, tem algo te incomodando. O que foi? Descobriu alguma coisa?

Queria conversar com ela, ao menos contar a alguém tudo o que descobri hoje. Que a morte de Elsie não foi um terrível acidente. Que Mary realmente era uma chantagista e tentou chantagear Heather. Que o responsável por me deixar cartas ameaçadoras talvez seja a pessoa mais respeitada na cidade. Mas naquele momento a biblioteca estava silenciosa demais e eu sabia que minha voz acompanharia a acústica do antigo prédio. Além disso, já era meio da tarde e Luna estava prestes a começar a hora da história para as crianças em idade escolar. Decidi que contaria apenas parte dos acontecimentos, então me nclinei e sussurrei: — Acho que sei quem é o autor das cartas anônimas.

Capítulo Vinte

Quem? — Luna arregalou os olhos.

— Ao que tudo indica, é o bom médico — respondi, irônica. Infelizmente, minha voz saiu trêmula e não teve o efeito que eu esperava.

Luna não se deixou enganar pela minha tentativa de demonstrar indiferença. — Como descobriu? — perguntou, as mãos nos quadris.

Nesse momento, um grupo de adolescentes entrou pela porta, supostamente para estudar. Suas vozes brincalhonas criaram um belo ruído de fundo para que nossa conversa pudesse continuar: — Sadie Stewart acabou de me contar que o viu se esgueirando pela biblioteca na época em que recebi uma das cartas.

Luna fez uma careta. — Sabemos que tem algo errado aí. Quem se esconde em bibliotecas? Isso o teria feito parecer suspeito logo de cara.

— Provavelmente ele não está acostumado a agir dessa maneira — suspirei, dando de ombros. — Isso me incomoda. Ele ocupa uma posição de confiança na cidade e todos o admiram. E de repente, está deixando cartas ameaçadoras por aí. Esse tipo de atitude não se enquadra no Juramento de Hipócrates.

Luna bufou. — Podemos reformular e dizer que seria mais um juramento hipócrita. E então? O que vai fazer? Confrontá-lo?

Bufei. — Sem dúvida você me confundiu com outra pessoa. Não sou o tipo de pessoa que confronta quem escreve cartas ameaçadoras. Também não acho que Nancy Drew faria algo assim. Há uma diferença entre coletar pistas e disseminar informações e ser imprudente. Mas já sei o que vou fazer.

— O que?

— Vou avisar o chefe de polícia. — Senti como se um peso tivesse sido tirado dos meus ombros. — Não há nenhuma evidência real e tudo não passa de um boato, mas pelo menos o chefe saberá. — E também poderia informá-lo sobre todas as outras coisas que descobri, mesmo que parte fosse apenas especulação.

— Está bem. Então, se alguma coisa acontecer com você, Burton saberá quem investigar. — Luna estreitou os olhos como se estivesse gostando da perspectiva de vingança.

— O único problema com essa situação é que estou envolvida. — Desta vez, minha voz irônica não tremeu.

— Eu sei. Além disso, vou procurar outro médico para minha mãe o mais rápido possível.

— Não posso julgá-la, embora isso não mude o fato de que ele é um excelente médico.

— Parece que terei que levar mamãe para dar um passeio de carro até a próxima cidade quando tiver consultas médicas —

disse Luna encolhendo os ombros. Problema resolvido — disse
Luna, dando de ombros.

— Quem vai fechar hoje à noite? — perguntou Wilson, se
juntando a nós.

— Sou eu. E obrigada por me lembrar. Acho que preciso de
outra dose de cafeína.

Wilson arqueou as sobrancelhas. — Está com sono? Isso é
algo atípico, Ann.

— Com certeza, mas não tenho dormido bem ultimamente.
E hoje acabei exagerando no almoço.

— Vá tomar um café. E certifique-se de verificar tudo antes
de fechar esta noite. Semana passada quase não percebi um
cliente que estava dormindo na área de estudo. — Wilson fez
uma careta. — Teria sido horrível se eu não o tivesse encontrado.

— Acordar no meio da noite em uma biblioteca silenciosa?
Parece que meu sonho se tornou realidade — sorri para eles que
continuavam rindo.

Mais tarde, fiquei feliz por ter tomado uma grande caneca de
café. Eram apenas 20h30 e a biblioteca estava deserta. Normalmente, não era assim. Sempre havia alguns alunos do ensino mé-
dio com alto desempenho tentando terminar uma tarefa ou alguém procurando emprego nos computadores depois de encer-
rarem o expediente em um trabalho que estavam ansiosos para
abandonar. Ou um notívago ainda lendo revistas que ficaria surpreso por serem 21h.

Esta noite, porém, não havia ninguém, exceto eu e Fitz,
que já estava no modo noturno depois de um longo dia se
aconchegando com vários clientes e sendo adorável. Eu estava

guardando alguns livros nas estantes e Fitz estava em uma prateleira próxima, me observando.

De repente, senti um calafrio percorrer minha espinha e os cabelos da minha nuca se arrepiaram. Desta vez não ignorei e me virei. Tive certeza de que não estava sozinha na biblioteca.

Meu segundo pensamento foi: por que aquilo seria um problema? Tecnicamente, ainda era horário da biblioteca estar aberta ao público. Um cliente poderia estar correndo para pegar um livro antes de fecharmos. Ou devolver um livro que estava com o prazo prestes a vencer. Mas não consegui me convencer de que estava exagerando. Lembrei que Burton havia enfatizado durante a aula de autodefesa que era importante ouvir o nosso corpo, perceber quando tínhamos um mau pressentimento sobre alguma coisa e confiar em nós mesmos. Inclusive ele havia me recomendado um livro que coloquei na minha lista de leituras: *Virtudes do Medo*, de Gavin de Becker.

Além disso, Fitz estava com os pelos arrepiados.

Capítulo Vinte e Um

P eguei o celular para ligar para a polícia. Teria Kenneth
Driscoll decidido ir até a biblioteca e me confrontar pessoalmente?

Mandei uma mensagem rápida para Burton antes de ouvir a
voz de uma mulher chamando meu nome: — Ann?

Respirei um pouco mais aliviada. Era Louise Stewart. Con-
hecendo-a, era provável que tivesse esquecido algo, quando a
menina começou a chorar.

— Louise? — chamei, ainda segurando o celular.

Quando ela contornou a estante alta atrás de mim, vi que estava segurando uma arma.

Congelei. — Louise, o que está fazendo?

Louise estava com lágrimas escorrendo no rosto, mas seus
olhos tinham uma expressão determinada, quase fanática, que
eu nunca tinha visto. Como sempre, usava blusa e calça de cores
vivas e um colar grosso, que parecia invisível perante a arma.

— Estou mantendo minha família segura, Ann. — A voz de
Louise como aço.

— Não está não — disse, com a voz tão firme e quanto consegui, enquanto todas as peças soltas de repente se encaixavam.

222

— O que está fazendo é colocando sua família em *perigo*. Terá mais uma morte na consciência e na sua ficha criminal. Em vez de ser responsável por dois homicídios, será responsável por três. — Fiz uma pausa. — E eu teria acrescentado um homicídio culposo, mas acho que Sadie foi responsável pela morte de Elsie Brennon, não foi?

Louise estreitou os olhos, impaciente. — Tudo isso é culpa sua, Ann. Você é quem estava bisbilhotando. E a polícia não saberá de nada. Até agora não descobriram. Por que descobririam agora?

— Acha que Burton Edison é um homem burro? Saiba que ele não é. Talvez ele ainda esteja tentando se adaptar a uma nova cidade e conhecer as pessoas, mas cedo ou tarde, ele vai descobrir que é você quem está por trás dessas mortes.

— Assim como você descobriu? — perguntou Louise, a voz quase tranquila.

— Isso mesmo — respondi com tranquilidade, embora minha cabeça estivesse girando. Gostaria de ter somado dois mais dois um pouco mais rápido. — Sadie era a motorista agressiva na estrada. Recentemente, recebemos uma reclamação de outro cliente sobre sua direção imprudente no estacionamento. E você mesma mencionou que Sadie a deixou nervosa quando sairam de carro. Elsie Brennon não era conhecida por dirigir em alta velocidade. E, obviamente, Sadie leva as coisas para o lado pessoal quando alguém a faz dirigir devagar.

— Sadie está lidando com muitos problemas. Ela trabalha o dia inteiro, pega Lynn na escola, me leva de carro para todos os lugares e ainda faz várias tarefas quando chega em casa. Se você acha que é fácil, posso garantir que não é. Às vezes ela fica frustrada quando as pessoas ficam no seu caminho e a fazem se atrasar.

Neste momento, eu concordaria com qualquer coisa. Apenas precisava mantê-la falando. — Tenho certeza de que você viu muitos acessos de raiva na estrada quando andava de carro com ela. E quando Elsie Brennon fez Sadie se atrasar naquela noite, ela não conseguiu relevar, não é? Então a seguiu pela estrada rural no escuro para ter certeza de que Elsie tinha entendido a mensagem. Ela a seguiu? Buzinou? O que quer que Sadie tenha feito, tirou Elsie da estrada porque ela estava tentando fugir.

Louise semicerrou os olhos. — Aquela velha nem deveria mais estar dirigindo. Era um perigo ambulante. Ela deveria ter feito como eu e simplesmente parado de dirigir. Se fosse uma boa motorista, não teria saído da estrada.

Senti um arrepio na espinha com a insensibilidade de Louise. Para ela, *Sadie* não era o perigo, e sim a pessoa que a atrapalhou, e aos olhos de Louise, a culpada.

Percebendo que a mesma insensibilidade seria aplicada a mim se eu não a mantivesse falando, continuei: — E depois teve o problema com Roger. O que a fez decidir matá-lo? Eu arriscaria dizer que você ficou frustrada com a recusa dele em ajudar Lynn e isso deve ter lhe aborrecido demais. Ver Sadie fazendo todo o trabalho sozinha sem Roger ajudar em nada. Não era justo que Sadie cuidasse de tudo, não é? Ela já estava ocupada com Lynn, com você, o emprego e todas as contas. E ele estava jogando isso na cara dela, não estava? Ele sabia que poderia se safar porque Sadie não tinha dinheiro para levá-lo ao tribunal para conseguir a pensão alimentícia — disse, enquanto me aproximava de Louise, esperando uma oportunidade para desarmá-la.

Continuei falando com a voz suave: — Você foi até a casa dele na sexta à noite para falar com ele outra vez, não foi?

— Pena que ele não estava interessado em conversar, já que tinha um *encontro*.

Louise estava falando com raiva agora e fiquei tensa ao perceber que era dirigida a mim.

A expressão em seu rosto era fria. — Ele não apenas se recusou a ajudar, como exigiu dinheiro de mim. — Ela deu uma risada curta. — Vou te dar uma chance de descobrir o motivo.

Arregalei os olhos. — Roger sabia do acidente de carro. Ele testemunhou? Sadie não teria contado a ele sobre isso. O que ele fez? Tentou chantageá-la?

Louise disse em voz baixa: — Quando ele me ameaçou, tudo acabou. Eu já estava farta. Farto de seu desrespeito por Sadie, Lynn e por mim. Estava cansado de sua falta de apoio. E então ele teve a ousadia de me ameaçar. Ameaçar a minha família?

— Como ele a ameaçou? — Fitz estava em cima da estante e percebi que seus olhos estavam semicerrados e brilhantes enquanto olhava para Louise.

— Ele viu o que aconteceu com Elsie e Sadie — continuou Louise, os olhos brilhando. — Sadie finalmente conseguiu que ele concordasse em encontrá-la para conversarem sobre Lynn e a ajuda que ela precisava. Aparentemente, iriam se encontrar depois do trabalho em um restaurante mexicano fora da cidade. Roger estava a alguns carros atrás dela. Pelo menos foi o que ele disse.

— A senhora soube do acidente por Roger? Sadie não lhe contou?

— Não. Tenho certeza que ela ficaria arrasada se desconfi-asse que eu sabia. Ela não me disse uma palavra, embora eu veja com meus próprios olhos como ela está exausta e como esse in-cidente a deixou ansiosa. Roger me ligou na sexta-feira dizen-do que tinha acabado de encontrar Sadie. Ele teve prazer em me contrar todos detalhes. Inclusive havia tirado fotos e fez um pe-queno vídeo do que aconteceu após o acidente. Ele disse que tentou forçar Sadie a pagar para que ele não contasse à polícia, mas ela não tinha dinheiro. Foi por isso que ele me ligou. Ele sabia que, mesmo não sendo rica, eu tinha muito mais do que Sadie. Roger era um oportunista em todos os sentidos.

Onde estava a polícia? Por que Burton estava demorando tanto? Precisava continuar mantendo Sadie falando o máximo de tempo possível.

— Então apesar de não dirigir mais, a senhora foi até a casa de Roger.

Louise deu de ombros. — Apenas em caso de emergência. E esta era uma emergência. Não podia deixar Sadie ser presa.

— A senhora disse a ele que levaria o dinheiro, mas em vez disso, o matou e excluiu todas as fotos e vídeos incriminatórios do celular dele. Porque, como Sadie me contou, a senhora faria *qualquer coisa* pela sua família. Inclusive a senhora mesmo disse que as mulheres Stewart fariam qualquer coisa pelos filhos. A senhora adora Lynn e está determinado a proteger sua filha — Fiz uma pausa e continuei com mais calma do que aparenta-va enquanto tentava ganhar tempo: — A senhora é muito mais forte do que parece. Eu a vi pegar Lynn do colo de Sadie com fa-cilidade no balcão de circulação. Foi muito hábil com o espeto.

— Eu tive que me livrar de Roger. A chantagem não teria fim, Ann. Ele teria continuado até acabar com toda a minha reserva. Até que não houvesse mais dinheiro para as necessidades de Lynn ou quaisquer outras despesas extras. — Ela sorriu. — Aposto que você não sabia que eu estava prestes a me tornar uma lançadora de dardo olímpico até engravidar. Foi o mesmo movimento com o espeto, quase como uma memória muscular.

— Infelizmente, outra pessoa sabia que a senhora esteve lá e concluiu que deveria ter sido a senhora quem matou Roger. Mary Hughes teve um dia agitado. Ela foi confrontar Roger sobre seus problemas financeiros e viu a senhora e Heather enquanto esperava uma oportunidade para conversarem. E por causa dessas questões financeiras, ela viu uma oportunidade de ganhar dinheiro e pensou em fazer uma pequena chantagem. A senhora era uma candidato perfeita porque ela deve ter lhe visto logo depois do assassinato. Heather, por outro lado, tinha acabado de chegar, tocou a campainha sem sucesso e foi embora. Mas Mary sabia de alguma sujeira a seu respeito. O que ela disse quando entrou no quintal?

— Não muito. Apenas pegou o celular como se fosse ligar para a polícia. Eu congelei. Tudo o que eu conseguia pensar era em Sadie e Lynn e no que aconteceria se eu não pudesse mais ajudar a cuidar delas. Depois, Mary deu um sorriso maldoso, guardou o celular e saiu em direção a frente da casa. Eu saí alguns minutos depois.

— Então, em algum momento, Mary entrou em contato com a senhora, que deve ter se sentido cercada de chantagistas. E deve ter dito a ela a mesma coisa que disse a Roger: que não tinha dinheiro sobrando, mas ela continuou ameaçando contar à polícia.

— O que me deixou bastante assustada, mas isso não me fez ter mais dinheiro.

— Então decidiu se livrar dela. Porque a chantagem nunca teria fim.

Louise não disse nada, apenas continuou segurando firme a arma.

— As portas do salão estavam destrancadas e a senhora a matou com o que estava ao alcance, aparentemente um batente de porta pesado. Escondeu o corpo para que ela não fosse encontrada de imediato, para lhe dar tempo de fugir. E quanto a mim? — Fiz uma pausa para engolir. Minha garganta estava seca demais. Onde estava Burton? Com certeza ele não desligava o celular à noite ou para jantar. Os policiais das cidades pequenas não estavam sempre disponíveis?

A voz de Louise se tornou mais alta e aguda: — Quanto a você, estou bastante desapontada. Quem vai recomendar livros para Sadie e Lynn? E quanto ao clube do livro?

Ergui as mãos na tentativa de acalmá-la: — Louise, nada precisa mudar. Luna e eu podemos continuar indicando bons livros para Lynn e Sadie. A prisão tem um programa vinculado à nossa biblioteca, mas a senhora sabe o que precisa fazer a partir de agora. Não pode continuar agindo assim, matando pessoas para encobrir seus crimes e o acidente de Sadie. Precisa se entregar. Além disso, Burton está a caminho. Será a oportunidade perfeita.

A voz de Louise se tornou ainda mais fria: — Você tinha que bisbilhotar! Eu vi a matéria do jornal que você estava lendo quando eu estava retirando os livros. E descobriu que foi Sadie, não foi? E não ia ficar calada. Não tenho escolha. Não estou fazendo isso por mim, Ann. Eu gosto de você. Estou fazendo isso pela minha filha e por Lynn.

De repente, uma voz surgiu em algum lugar atrás de Louise:
— Mãe?

Louise empalideceu e se virou: — Saia daqui, Sadie!

Havia algo estranho no tom de voz de Louise. Ou talvez fosse o movimento ameaçador que estava fazendo em minha direção com a arma, quando se virou. O gesto fez com que Fitz ficasse furioso. Ele saltou da prateleira e caiu nos ombros de Louise com um miado sibilante.

Louise gritou e se virou assustada, tentando se livrar de Fitz, que cravou ainda mais as garras em seu ombros. Olhei para a expressão determinada do gato enquanto ele se agarrava em Louise. Então, lembrei da excelente aula de autodefesa de Burton, estendi o braço e usei a base da mão para golpear Louise na frente do pescoço.

Ela arregalou os olhos e tropeçou caindo no chão. Aproveitei e a desarmei chutando a arma e em seguida a peguei. Fitz pulou dos ombros de Louise com uma expressão de desgosto e saiu trotando enquanto eu apontava a arma para ela.

Sadie, que não seguiu as instruções da mãe, correu até nós e se agachou no chão ao lado de Louise. — Mãe? O que está acontecendo? Eu vi seu carro aqui quando passei para devolver os livros. A senhora nem dirige mais. O que está fazendo aqui? Por que Ann está com a antiga arma do papai?

— Sua mãe sabe tudo sobre o acidente e o que aconteceu com Elsie — respondi em voz baixa.

Sadie empalideceu. — Não.. O quê? Mãe, me diga o que está acontecendo. — Sua voz estava rouca, o olhar suplicante. Louise não disse uma palavra. Talvez estivesse evitando contar à filha que ela era uma assassina ou ainda estivesse sem conseguir falar por causa do golpe na garganta.

— A senhora não fez nada, não é, mãe? Não fez nada estúpido? — A expressão de Sadie era de horror.

— Onde está Lynn? — perguntei aflita, não querendo que a criança testemunhasse a cena e tivesse pesadelos como eu.

— Na casa de uma amiga da pré-escola. Estão comendo pizza — respondei Sadie, a voz atordoada.

Queria ligar novamente para Burton e acabei me atrapalhando com o celular, mas não foi necessário: as portas da biblioteca se abriram e ouvi Burton gritando o meu nome.

— Estou aqui! Perto das estantes.

Quando Burton virou em direção a prateleira alta, seus olhos se arregalaram ao me ver apontando uma arma para Sadie e Louise, que continuavam no chão. — Qual delas preciso levar, Ann? — perguntou ele, preocupado enquanto me olhava.

— As duas.

Burton as algemou e em seguida tirou a arma das minhas mãos. Sadie estava chorando em silêncio.

— Precisa de uma ambulância? — perguntou ele ao observar o rosto de Louise.

Neguei com a cabeça e me encostei nas prateleiras. Estava começando a me sentir um pouco zonza. — Acho que não. Mas precisei usar um de seus golpes de autodefesa.

— Qual deles? — Burton deu um sorriso torto.

— A palma da mão na garganta.

— Bom trabalho!

— Ela estava distraída na hora. E Fitz foi de fato o herói da noite.

Burton me lançou um olhar de culpa. — Sim, desculpe por isso. Eu estava lidando com um acidente de carro perto da interestadual e não consegui chegar antes.

— Outra noite tranquila em Whitby? — perguntei, sentindo que precisava continuar brincando ou ia começar a chorar, o que eu não queria fazer. Caso contrário talvez nunca mais conseguisse parar.

— Com certeza — respondeu Burton, balançando a cabeça.

Louise estava começando a perder o olhar atordoado, embora ainda estivesse calada. Então seus olhos se tornaram malévolos enquanto me encarava.

Burton também percebeu e balançou a cabeça. — Por favor, se acalme. Vamos levá-la para a prisão e começar o procedimento padrão.

Louise disse algumas palavras e Burton balançou a cabeça outra vez. Fitz, também preocupado com o tom de voz da mulher, se aproximou e se aninhou em mim, tentando me confortar.

— Ann, se importa de me acompanhar até a delegacia? Preciso do seu depoimento e a polícia estadual também vai querer falar com você. Pode fechar a biblioteca?

Olhei para o relógio e ri. — Com certeza. Já passou do horário de fechar. Espere um minuto.

Burton já estava conduzindo as mulheres até a saída.

NA PEQUENA SALA DE interrogatórios, Burton colocou uma caneca de café fumegante na minha frente. — Sinto muito, é tudo o que temos. Mas pelo menos o café é muito bom.

Olhei para ele com tristeza. Em condições normais, eu não ingeria cafeína àquela hora do dia. Não faria diferença beber ou não o café, pois tinha a sensação de que não dormiria muito naquela noite, embora ainda não estivesse convencida sobre a qualidade da bebida de uma delegacia. Tomei pequeno um gole e descobri que Burton estava certo. O café era surpreendentemente bom.

— O depoimento será gravado e depois você precisa assinar. E, a propósito, bom trabalho, Ann. Você continuou fazendo perguntas e até se defendeu quando os problemas surgiram. Como conseguiu manter Louise calma e falando enquanto ela lhe apontava uma arma?

— É o que faço todos os dias na biblioteca. Às vezes, os clientes ficam frustrados quando pedem ajuda e eu tento acalmá-los enquanto conversamos. Mas eu gostaria de não ter estado nessa posição.

Burton começou a gravar e me pediu para contar o que havia acontecido. Contei a ele tudo o que Louise havia me dito, inclusive que as cartas anônimas tinham sido enviadas pelo Dr. Driscoll, segundo Sadie. E que o médico queria me alertar para não fazer muitas perguntas porque estava tentando manter um caso extraconjugal em segredo.

Depois que terminei o depoimento, Burton disse: — Então Louise percebeu que você estava desconfiada de Sadie e foi à biblioteca para silenciá-la. E tudo por causa daquele jornal.

— Não era uma edição atual. Assim que acabei de falar com você ao telefone, fui até os arquivos procurar uma edição anterior desta história. Não sei como deixei escapar da primeira vez. Quer dizer, eu sabia que tinha acontecido um acidente fatal, mas não prestei atenção aos detalhes. Louise viu o jornal, ouviu nossa conversa ao telefone e tirou suas próprias conclusões.

— E então todas as peças se encaixaram. Que foi ela quem matou Roger e depois Mary.

— Acho que deve ter sido tipo um efeito dominó. Ela estava desesperada para impedir que Roger entregasse Sadie à polícia e temia que ele continuasse a chantageá-la. Então Mary a viu e tentou chantageá-la também.

— E a coitada não tinha dinheiro — disse Burton com um suspiro. — Bem, agora está tudo acabado. Estou com pena da garotinha e de Sadie também. Ligamos para as pessoas que estavam cuidando de Lynn e eles ficarão com ela até que possamos tomar todas as providências e contactar os familiares amanhã. Decidi não informar o serviço social a esta hora da noite.

— Louise tem outra filha que mora na costa oeste. Ela já me mostrou fotos e parece que a moça adora enviar presentes para a sobrinha. Tenho a sensação de que Lynn vai ficar bem.

Burton olhou para o relógio. — Você deveria ir para casa dormir. Parece exausta.

— Estou *completamente* exausta, mas sei que não vou conseguir dormir. Ou, se dormir, terei pesadelos com Louise.

— Então tente relaxar com qualquer que seja o livro que está lendo no momento. — Burton estalou os dedos. — E deveria pegar seu amigo peludo no caminho para casa.

— Fitz? Mas ele é o gato da *biblioteca*.

— Quem não gosta de se aninhar com um bichinho em momentos difíceis? Abra uma exceção. E compre uma caixa sanitária, assim pode levar Fitz para dormir na sua casa de vez em quando.

Precisava admitir que a ideia me agradava. Voltar sozinha, para uma casa vazia e escura à noite, não era nada atraente. Agradeci a Burton.

— Por nada. É o mínimo que posso fazer, considerando que você resolveu todos os meus casos em andamento de uma só vez. — Ele estalou os dedos outra vez. — A propósito, amanhã você deve receber uma ligação do novo editor do jornal. Ele disse que não dava mais tempo para sair na edição de amanhã, mas vai publicar uma matéria na primeira página com uma foto de Fitz. Considerando como o gato ajudou na resolução do caso e tudo o mais. Ele também quer um depoimento seu e tenho certeza de que seu chefe vai adorar a publicidade gratuita para a biblioteca. Acho que o nome do cara era Grayson.

Ah. Então ele *não* era DJ, e sim editor. Fique feliz ao pensar na possibilidade de falar com Grayson novamente - com ou sem namorada.

Burton fez uma pausa, reflexivo. — Estive pensando em passar mais tempo na biblioteca.

— Essa é uma frase que adoro ouvir — disse, sorrindo. — O que motivou esse desejo repentino?

Burton enrubesceu. — Ah, não sei. Quero ler mais do que consegui no ano passado. A biblioteca também é um local público e uma ótima oportunidade para me apresentar e interagir com os membros da comunidade. Esse tipo de coisa.

Assenti. Tive a sensação de que também poderia ter algo a ver com uma colega de trabalho tatuada e com piercings, mas se Burton não estava pronto para falar, não fazia sentido insistir no assunto. — Parece uma boa ideia — concordei.

Poucos minutos depois, saí da delegacia. Ao passar pela biblioteca, hesitei e entrei no estacionamento. Peguei as chaves, destranquei a porta e sorri ao ver Fitz se aproximar sonolento. Em seguida ele rolou de costas e ronronou.

Peguei uma caixa sanitária extra que um cliente havia doado e um recipiente com areia para gatos e levei para o carro.

Também tínhamos uma caixa transportadora. Na verdade, nossa sala de convivência e alguns armários estavam começando a ser tomados pelas doações para Fitz, mas naquele momento eu estava agradecida. Peguei alguns petiscos para gatinhos e tentei fazê-lo entrar na caixa. Fitz não precisou de incentivo, pois entrou na caixa como se estivesse acostumados a fazer passeios de carro todos os dias.

Ouvi um trovão estrondoso ao longe no caminho de casa.

Quando chegamos, preparei a caixa sanitária, uma vasilha com água e fiz uma pequena cama com um cobertor velho e macio. Pensei que talvez Fitz quisesse um pouco de espaço, afinal, passava o dia inteiro no colo das pessoas. Afinal, ele era um gato de biblioteca.

Mas quando fui para a cama com um livro antigo de Nancy Drew, ouvindo o barulho da chuva caindo no telhado, ele pulou na cama e se aninhou, ronronando. E de repente, senti como se pudesse adormecer. E desta vez, sem pesadelos.

Sobre a Autora:

Elizabeth publica as séries Os Mistérios de Southern Quilting e Memphis Barbeque pela Penguin Random House, Os Mistérios de Mirtes Clover pela Midnight Ink e como autora independente. Escreve também em seu blog: ElizabethSpannCraig.com/blog, eleito pela Writer's Digest como um dos 101 melhores sites para escritores. Elizabeth vive em Matthews, Carolina do Norte, com o marido. Ela é mãe de dois filhos.

FORMADA EM NUTRIÇÃO, especializada em alimentação por sonda, sempre foi apaixonada livros e pela língua inglesa.

Em 2020 decidiu seguir o que a fazia feliz e fez uma transição de carreira. Hoje além de tradutora, também é professora de inglês.

Mônica é brasileira, mora no Rio de Janeiro e sonha em conhecer a Inglaterra e a Irlanda.

Adora ler em dias chuvosos bebendo uma xícara de chá Earl grey. Seus gêneros literários preferidos são cozy mystery, romances históricos e suspense.

Outras informações:

A doro interagir com meus leitores. Você pode me encontrar no Facebook como Elizabeth Spann Craig Author, no Twitter como elizabethscraig, no meu site elizabethspanncraig.com e no e-mail elizabethspanncraig@gmail.com.

Muito obrigada por ler meu livro... Fico muito agradecida. Se você gostou da história, poderia deixar um breve comentário no site onde adquiriu o livro? Algumas poucas palavras seriam suficientes. Não apenas me sinto encorajada ao lê-las, como também ajudam outros leitores a descobrirem meus livros. Obrigada!

Você sabia que meus livros estão disponíveis no formato impresso e em e-book? A maior parte da série Os Mistérios de Mirtes Clover também está disponível em áudio, assim como alguns da série Southern Quilting Mysteries.

Eco bags, pingentes, imãs, e outras miudezas estão à venda na minha loja online no Café Press.

Se quiser um livro autografado para você ou para presentear um amigo, visite minha página na Etsy.

Também gostaria de agradecer a algumas pessoas que me ajudaram a publicar este livro. Obrigada à Karri Klawiter, pelas lindas capas. Obrigada à minha editora, Judy Beatty por toda a ajuda. Obrigada aos leitores beta, Amanda Arrieta e Dan Harris, pelas sugestões e leitura crítica. Obrigada a todos os leitores beta por ajudarem na divulgação do livro. E como sempre, obrigada à minha família e a todos os meus leitores.

Outros livros de Elizabeth:

Os Mistérios de Mirtes Clover em ordem (não esqueça que os livros podem ser encontrados no formato impresso, digital e áudio):

Linda de morrer

Morte no jantar

Morte no salão

Um corpo no jardim

Death at a Drop-In

A Body at Book Club

Uma visita da morte

A Body at Bunco

Assassinato na noite de estréia

Assassinato em alto-mar

Um crime na escola de culinária

A Body in the Trunk

Cleaning is Murder

Cleaning

Edit to Death

Hushed Up

Southern Quilting Mysteries em ordem:

Quilt or Innocence

Knot What it Seams

Quilt Trip

Shear Trouble

Tying the Knot

Patch of Trouble

Fall to Pieces

Rest in Pieces

On Pins and Needles

Fit to be Tied

Embroidering the Truth

Os Mistérios da biblioteca do vilarejo em ordem (Lança-mento em 2019):

Empréstimo mortal

Overdue

Memphis Barbeque Mysteries em ordem (Publicados co-mo Riley Adams):

Delicious and Suspicious

Finger Lickin' Dead

Hickory Smoked Homicide

Rubbed Out

E o livro: Race to Refuge, publicado como Liz Craig.

www.ingramcontent.com/pod-product-compliance
Lightning Source LLC
Chambersburg PA
CBHW052033020726
47501CB00004B/1380